हिन्द पॉकेट बुक्स

1857 का महासंग्राम

पं. सत्यनारायण शर्मा का जन्म 2 जनवरी 1947 को हरियाणा के जिला कुरुक्षेत्र के पपनावा (सारसा) गांव में हुआ था। आगरा व मेरठ विश्वविद्यालय से एमए और दिल्ली विश्वविद्यालय से एआईसीटीई (डिप्लोमा) करने के बाद आपने बत्तीस वर्षों तक लैक्चरर के पद पर अध्यापन किया। पिछले चालीस सालों में आपके विभिन्न पत्र-पत्रिकाओं में शहीदों पर आधारित सैकड़ों लेख प्रकाशित हुए एवं 10 वर्ष तक *राष्ट्र संगठन* पाक्षिक पत्रिका का कुशल संपादन किया।

आपने देशभक्तों एवं क्रांतिकारियों से संबद्ध दर्जनों पुस्तकें लिखी हैं।

1857
का
महासंग्राम

पं. सत्यनारायण शर्मा

हिन्द पॉकेट बुक्स
पेंगुइन रैंडम हाउस इम्प्रिंट

हिन्द पॉकेट बुक्स

यूएसए | कनाडा | यूके | आयरलैंड | ऑस्ट्रेलिया | सिंगापुर
न्यू ज़ीलैंड | भारत | दक्षिण अफ्रीका | चीन

हिन्द पॉकेट बुक्स, पेंगुइन रैंडम हाउस ग्रुप ऑफ़ कम्पनीज़ का हिस्सा है, जिसका पता global.penguinrandomhouse.com पर मिलेगा

पेंगुइन रैंडम हाउस इंडिया प्रा. लि.,
चौथी मंजिल, कैपिटल टावर -1, एम जी रोड,
गुड़गांव-122002, हरियाणा, भारत

पेंगुइन
रैंडम हाउस
इंडिया

प्रथम हिन्दी संस्करण हिन्द पॉकेट बुक्स द्वारा 2014 में प्रकाशित
यह हिन्दी संस्करण हिन्द पॉकेट बुक्स में पेंगुइन रैंडम हाउस द्वारा 2020 में प्रकाशित

10 9 8 7 6 5 4 3 2

इस पुस्तक में व्यक्त विचार लेखक के अपने हैं, जिनका यथासंभव तथ्यात्मक सत्यापन किया गया है, और इस संबंध में प्रकाशक एवं सहयोगी प्रकाशक किसी भी रूप में उत्तरदायी नहीं हैं।

ISBN 9789353490478

मुद्रक: रेप्रो इंडिया लिमिटेड

www.penguin.co.in

FSC www.fsc.org MIX Paper from responsible sources FSC® C047271

अनुक्रम

समर्पण

स्व. गुरु श्री कृष्ण गोपाल शास्त्री जी की
पुण्य स्मृति को...
जिन्होंने मेरी अंगुली पकड़ कर
तख्ती पर सर्वप्रथम अक्षर ज्ञान दिया।

पं. सत्यनारायण शर्मा

अपनी बात

हर राष्ट्र कभी-न-कभी गुलामी के दौर से गुज़रा है। कभी यह गुलामी पड़ोसी राज्य द्वारा थोपी गई, कभी विदेशी आक्रांताओं द्वारा।

आज भी विश्व के कुछ हिस्से ऐसे हैं जहां स्वाधीनता नहीं है! मनुष्य ही मनुष्य पर शासन कर रहा है। भारत भी पिछले आठ सौ वर्षों में इसी दौर का साक्षी रहा है। बाबर से लेकर अंग्रेज़ों का, भारत में आगमन उसी विस्तारवादी साम्राज्यिक संघर्ष का इतिहास है। बाबर ने अपना शासन भारत में स्थापित करके अपनी अगली पीढ़ियों को सत्तासीन होने का मार्ग दिया। अठारहवीं शती तक मुगल, भारत की संस्कृति में रच बस गए। वे भारतीय शासक हो गए। इस दृष्टि से अठारहवीं शती तक भारत किसी बाहरी शक्ति के आधिपत्य में नहीं था, परन्तु देश के अन्दर की राजनैतिक शक्ति बिखरी हुई थी।

अठारहवीं शती, के प्रथम चरण में मराठों ने हिन्दू पातशाही को पुनः जीवित करने का प्रयास किया। शाह वलीउल्लाह ने, मराठों को दिल्ली से खदेड़ने के लिए, अफगानिस्तान से अहमदशाह अब्दाली को भारत निमंत्रित किया।

अहमदशाह अब्दाली की सेना ने दिल्ली को लूटना शुरू किया, तो उसने हिन्दुओं और मुसलमानों में कोई फर्क नहीं किया। दोनों पर अमानुषिक अत्याचार किए और उन्हें लूटा। यहां तक कि अब्दाली को निमंत्रित करने वाले शाह वलीउल्लाह को भी दिल्ली छोड़कर भागना पड़ा और हिन्दू पातशाही का नारा और ध्वज उठाने वाले मराठों ने न सिर्फ आगरा के जाटों के साथ वैसा ही व्यवहार किया जो अब्दाली ने दिल्ली के मुसलमानों के साथ किया था, वरन् आपस में भी मार-काट करने लगे।

सोलहवीं शती के अन्त में, अंग्रेज़ भारत में व्यापारी के रूप में आए और धीरे-धीरे सत्ता की ओर बढ़ने लगे। अंग्रेज़ों से पहले फ्रांसीसी भारत में व्यापार करने आए थे।

अठारहवीं शती के दूसरे चरण में फ्रांसीसियों और अंग्रेज़ों ने भारत के शासकों की फूट का पूरा लाभ उठाना प्रारंभ किया। आपस में लड़ते हुए, भारतीय शासकों की कमजोरियों और शक्ति का आकलन करते हुए, अंग्रेज़ कभी एक भारतीय शासक की सहायता करते, कभी दूसरे की और इसी आड़ में वे भारत में अपनी जड़ें मज़बूत करते रहे। अठारहवीं शती के तीसरे चरण में, भारतीय शासकों की आपसी कलह का लाभ उठाकर अंग्रेज़ों ने बंगाल और बिहार पर कब्जा कर लिया। सन् 1757 में प्लासी के मैदान में बंगाल का नवाब सिराजुद्दौला अंग्रेज़ों से युद्ध में हारा और उसके युद्ध में हारने का कारण था, उसके सेनापति मीर जाफर और सेठ अमीचन्द का विश्वासघात और गद्दारी।

अवध के नवाब शुजाउद्दौला ने रूहेलखंड के हाफिज रहमतअली खां से लड़ने के लिए अंग्रेज़ों से सहायता मांगी। अंग्रेज़ों ने रहमत अली खां की ताकत को तो बिखेर दिया। पर लगे हाथ शुजाउद्दौला के अवध पर भी कब्जा कर लिया।

सन् 1857 में देश ने अंगडाई ली, पूरा देश धर्मों और स्वार्थों से ऊपर उठकर एकजुट हो गया। पूरा देश क्रांति के मुहाने पर खड़ा हो गया।

उस समय भी कुछ भारतीय राजा अंग्रेजों के साथ खड़े हो गए और क्रांति को कुचलने में उनका अहम योगदान रहा। क्रांति की ज्वाला मंद पड़ गई।

"वो दौर भी देखे हैं, तारीख की नज़रों ने
लम्हों ने खता की थी, सदियों ने सज़ा पाई।"

अगले नब्बे वर्ष तक, असंख्य लोग देश पर कुर्बान हो गए तब कहीं जाकर, 15 अगस्त सन् 1947 को देश ने आज़ादी की सांस ली।

पुस्तक के लेखन में पत्नी रंजन शर्मा, दोनों बेटियों सुरभि, प्रियदर्शनी व सोनाली शर्मा तथा गौरांश शर्मा ने अत्यंत योगदान दिया है। अतः वे सभी धन्यवाद के पात्र हैं!

हिन्द पॉकेट बुक्स के व्यवस्थापक श्री शेखर मल्होत्रा जी का भी अत्यंत आभारी हूं कि इस विषय पर पुस्तक लिखने के लिए प्रेरित करके उन्होंने मुझे अनुगृहीत किया है।

संपर्क सूत्र :
II C-187, नेहरू नगर
गाजियाबाद (उ. प्र.) पिन 201001
फोन : 0120-2792742
मो. : 09811057257

पंडित सत्यनारायण शर्मा
लेखक

1857 का कौमी गीत

हम हैं इसके मालिक हिन्दुस्तान हमारा
पाक वतन है कौम का जन्नत से भी प्यारा
ये हमारी मिल्कियत हिन्दुस्तान हमारा
इसकी रूहानियत से है रौशन जग सारा
कितना नदीम, कितना नईम सब दुनिया से न्यारा
करती है जरखेज जिसे गंगोजमुन की धारा
ऊपर बर्फीला पर्वत, पहरेदार हमारा
नीचे साहिल पर बजता सागर का नक्कारा
इसकी खाने उगल रहीं सोना, हीरा, पारा
इसकी शानोशौकत का दुनिया में जयकारा
आया फिरंगी दूर से ऐसा मंतर मारा
लूटा दोनों हाथों से प्यारा वतन हमारा
आज शहीदों ने है तुमको अहलेवतन ललकारा
तोड़ो गुलामी की जंजीरें बरसाओ अंगारा
हिन्दू मुसलमां सिख हमारा भाई-भाई
यह है आज़ादी का झंडा इसे सलाम हमारा

: अजीमुल्लाह खां

(क्रांतिकारी एवं नाना साहब के विश्वस्त साथी)

भारत के प्रथम स्वतंत्रता संग्राम के दौरान लोकप्रिय रहा यह गीत 1857 के क्रांतिकारी अखबार 'पयामे आज़ादी' में प्रकाशित हुआ था।'

भाग - एक

अंग्रेज़ों का भारत में आगमन

“खुद परस्ती की खरोंचों ने

लहू से लिखी इबारत ही मिटा दी।”

ईस्ट इंडिया कंपनी

सन् 1599 के दिसम्बर का महीना था, दिसम्बर के अंतिम सप्ताह में लंदन के एक मकान में कुछ व्यापारी इकट्ठा थे। बातचीत के दौरान हालैंड के व्यापारी काली मिर्च के ज्यादा दाम मांग रहे थे। इंग्लैंड के व्यापारियों ने फैसला किया कि वे खुद काली मिर्च मंगवाएंगे।

उसी समय उन्होंने एक कंपनी बनाई इसका नाम इंग्लैंड के व्यापारियों ने 'ईस्ट इंडिया कंपनी' रखा। तीस हज़ार पाउंड की पूंजी से कंपनी शुरू की गई। कंपनी में तत्कालीन इंग्लैंड की महारानी एलिजाबेथ के भी शेयर थे। 31 दिसम्बर सन् 1600 ई. महारानी एलिजाबेथ ने कंपनी को एक चार्टर के माध्यम से भारत में व्यापार करने की अनुमति दे दी।

उस समय तक भारत की यात्रा का मार्ग पुर्तगाली यात्री खोज चुके थे, जिसकी अगुवाई वास्कोडिगामा ने की थी। वास्कोडिगामा का जहाज़ अफ्रीका के नीचे से 'केप ऑफ़ गुड होप' (आशा-अंतरीप) का चक्कर लगाता हुआ भारत के पश्चिमी समुद्र तट कालीकट बन्दरगाह पर 22 मई 1498 ई. को पहुंचा था।

कालीकट में उस समय एक हिन्दू राजा सामुरी का शासन था, जिसे यूरोपीय लोग 'जमोरिन' कहते थे। हिन्दू राजा सामुरी के राज्य में पुर्तगाली व्यापार करने लगे।

पुर्तगालियों से, भारत की समुद्री यात्रा के मार्ग की जानकारी लेकर, इंग्लैंड की ईस्ट इंडिया कंपनी के व्यापारी सन् 1608 में 'हेक्टर' नामक जलयान से सूरत (गुजरात) के बन्दरगाह पहुंचे। इस जहाज़ का कप्तान हॉकिंस था।

उस समय भारत में मुगल बादशाह जहांगीर का शासन था। हॉकिंस अपने साथ इंग्लैंड के बादशाह 'जेम्स प्रथम' का एक पत्र जहांगीर के नाम लाया था। 6 फरवरी, 1613 ई. को हॉकिंस, जहांगीर को आगरा में मिला। हॉकिंस ने घुटनों के बल झुककर जहांगीर को सलाम करते हुए, स्वयं को राजदूत के रूप में पेश किया।

हॉकिंस ने जहांगीर से भारत में व्यापार करने की अनुमति मांगी। जहांगीर ने व्यापार करने की अनुमति प्रदान की। कुछ समय बाद जहांगीर के सहृदय और उदार व्यवहार को देखकर, मौके का पूरा फायदा उठाते हुए हॉकिंस ने जहांगीर को पुर्तगालियों के विरुद्ध भड़काया और अंग्रेज़ों के लिए विशेष सुविधाएं और अधिकार प्राप्त कर लिए। हॉकिंस ने अपने अधिकारों का लाभ उठाकर अपनी सैनिक शक्ति बढ़ाई। पुर्तगालियों के जहाज़ों को लूटा तथा सूरत में उनके व्यापार को ठप्प करने की योजनाएं भी बनाई। 6 फरवरी, सन् 1613 को हॉकिंस ने जहांगीर से एक शाही फरमान जारी कराया कि 'अंग्रेजों को सरत में कोठी बनाकर तिजारत करने की इजाजत दी जाती है' इसी के साथ जहांगीर ने यह इजाजत भी दे दी कि 'उसके दरबार में इंग्लैंड का एक राजदूत रह सकता है।'

सन् 1615 में 'टॉमस रो' इंग्लैंड का राजदूत बनकर जहांगीर के दरबार में आया, उसके प्रयत्नों से अंग्रेज़ों को कालीकट और मछलीपट्टन में कोठियां बनाने की अनुमति प्राप्त हो गई। सन् 1634 में अंग्रेज़ों ने तत्कालीन शासक शाहजहां से पुर्तगालियों की चुगली करके, उनको कलकत्ते में व्यापार करने पर रोक लगवा दी और स्वयं व्यापार करने की अनुमति प्राप्त कर ली। सन् 1639 में मद्रास में फोर्ट सेंट जार्ज बन्दरगाह बना।

सन् 1643 में एक दुर्घटना में शाहजहां की बेटी 'जहांआरा' की छाती जल गई। उसके इलाज के लिए अंग्रेज़ डॉक्टर 'मि. गेबरिल बाउटन' को सूरत (गुजरात) से बुलवाया गया। डॉ. गेबरिल बाउटन के इलाज से जहांआरा जल्दी ठीक हो गई। शाहजहां ने डॉक्टर से अपनी फीस मांगने को कहा। डॉ. गेबरिल बाउटन ने शाहजहां से इलाज की फीस के रूप में 'ईस्ट इंडिया कंपनी' के हुगली नदी में जहाज़ लाने और माल की चुंगी चुकाना माफ करा लिया। इससे पहले अंग्रेज़ों को बंगाल में हुगली बन्दरगाह तक अपने व्यापारिक जहाज़ लाने पर चुंगी देनी पड़ती थी।

सन् 1662 में बम्बई का बन्दरगाह अंग्रेज़ों के हाथ लगा। अंग्रेज़ बादशाह ने पुर्तगाल की शहजादी से शादी की थी, उसी सिलसिले में, दहेज के रूप में, यह बन्दरगाह अंग्रेजों को मिला। सन् 1690 में 'जॉब चार्नक' ने बंगाल में हुगली के किनारे कलकत्ता की स्थापना की। वहां अंग्रेज़ों ने व्यापार शुरू किया। सन् 1746 में अलीवर्दी खां, बंगाल का शासक था।

सन् 1746 में 'कर्नल स्मिथ' नामक अंग्रेज़ ने जर्मनी के साथ मिलकर बंगाल, बिहार और उड़ीसा विजय करने और उन्हें लूटने की एक योजना गुप-चुप तैयार करके यूरोप भेजी। उसने अपनी योजना में लिखा, 'मुगल साम्राज्य सोने और चांदी से लबालब भरा हुआ है। यह साम्राज्य सदा से निर्बल और असुरक्षित रहा है। बड़े आश्चर्य की बात है कि आज तक यरोप के किसी बादशाह ने. जिसके पास जल सेना हो, बंगाल जीतने की कोशिश नहीं की है। एक ही हमले में अनन्त धन प्राप्त किया जा सकता है, जिससे ब्राजील और पेरु 'दक्षिण अमेरिका' की सोने की खाने भी मात हो जाएगी।

'मुगल शासकों की नीति खराब है। उनकी सेना और भी खराब है। जल सेना उनके पास नहीं है! साम्राज्य के अन्दर लगातार विद्रोह होते रहते हैं। यहां की नदियां और यहां के बन्दरगाह दोनों विदेशियों के लिए

खुले पड़े हैं। यह देश उतनी ही आसानी से फतह किया जा सकता है, जितनी आसानी से स्पेन वालों ने अमरिका के नंगे वाशिंदों को अपने अधीन कर लिया था।

'अलीवर्दी खां के पास तीन करोड़ पाउन्ड (करीब पचास करोड़ रुपए) का खजाना मौजूद है। उसकी सालाना आमदनी कम-से-कम बीस लाख पाउन्ड होगी। उसके प्रांत समुद्र की ओर से खुले हैं। तीन जहाज़ों में डेढ़ हज़ार या दो हज़ार सैनिक इस हमले के लिए काफी होंगे।' कुछ अंग्रेज़ों ने स्थानीय हिन्दुओं के साथ मिलकर मुसलमान शासकों और उनके राज्य के विरुद्ध योजनाएं बनानी प्रारंभ की। अंग्रेज़ कंपनी के गुप्त मददगारों में खास कलकत्ते का एक मालदार पंजाबी व्यापारी अमीचंद था। उसे इस बात का लालच दिया गया कि 'नवाब को ख़त्म करके मुर्शिदाबाद के खजाने का एक बड़ा हिस्सा तुम्हें दे दिया जाएगा और इंग्लिस्तान में तुम्हारा नाम होगा जो भारत में कभी न हुआ होगा।' कंपनी के वादों और अमीचंद की नीयत ने मिलकर, बंगाल के तत्कालीन शासक अलीवर्दी खां के तमाम वफादारों को विश्वासघात करने के लिए तैयार कर दिया।

बंगाल के नवाब 'अलीवर्दी खां' का कोई बेटा नहीं था। इसलिए उसने अपने नवासे सिराजुद्दौला को अपना उत्तराधिकारी घोषित किया। एक दिन दूरदर्शी नीतिज्ञ की तरह अलीवर्दी खां ने सिराजुद्दौला से कहा, "मुल्क के अन्दर यूरोपियन कौमों की ताकत पर नज़र रखना। यदि खदा मेरी उम्र बढ़ा देता, तो मैं तुम्हें इस डर

से भी आज़ाद कर देता-अब मेरे बेटे यह काम तुम्हें करना होगा। देश में उनकी लड़ाइयों और उनकी कूटनीति की ओर से तुम्हें होशियार रहना चाहिए। इन तीनों कौमों को एक साथ कमज़ोर करने की कोशिश न करना। अंग्रेज़ों की ताकत बढ़ गई है। पहले उन्हें खत्म करना, जब तुम अंग्रेज़ों को खत्म कर लोगे, तब बाकी दोनों कौमें (डच और पुर्तगाली) तुम्हें अधिक तकलीफ़ न देंगी। मेरे बेटे, उन्हें किला बनाने या फौजें रखने की इजाजत मत देना। यदि तुमने यह ग़लती की, तो मुल्क तुम्हारे हाथ से निकल जाएगा।'

10 अप्रैल, 1756 को नवाब अलीवर्दी खां की मृत्यु हो गई। उसकी मृत्यु के बाद उसका नवासा सिराजुद्दौला गद्दी पर बैठा। सिराजुद्दौला की आयु चौबीस वर्ष की थी। ईस्ट इंडिया कंपनी की कूटनीतियों ने साज़िशों का पूरा जाल फैला रखा था। अंग्रेज़ नहीं चाहते थे कि सिराजुद्दौला शासन करें इसलिए ईस्ट इंडिया कंपनी ने सिराजुद्दौला का तरह-तरह से अपमान करना शुरू किया और उसे लड़ाई-झगड़े के लिए उकसाना प्रारंभ कर दिया।

सिराजुद्दौला जब मुर्शिदाबाद की गद्दी पर नवाब की हैसियत से बैठा तो रिवाज़ के मुताबिक उसके मातहतों, वजीरों, विदेशी कौमों के प्रतिनिधियों को, दरबार में हाज़िर होकर नज़रे पेश करना ज़रूरी था, लेकिन अंग्रेज़ कंपनी की तरफ से सिराजुद्दौला को कोई नज़र नहीं भेंट की गई।

सिराज़ुद्दौला के साथ धोखा

अंग्रेज़ों ने तय कर लिया था कि सिराजुद्दौला को एक दिन भी गद्दी पर चैन से नहीं बैठने देना है। इस कूटनीति में सिराज़ुद्दौला के वफादार समझे जाने वाले लोग भी बड़ी संख्या में अंग्रेजों से मिले हुए थे। मुर्शिदाबाद के नवाब सिराज़ुद्दौला का एक रिश्तेदार 'शौकतगंज' पूर्णिया का नवाब था। अंग्रेज़ों ने 'शौकतगंज' को अपनी ओर मिलाया और उसे मुर्शिदाबाद की गद्दी पर सिराज़ुद्दौला की जगह बिठाने का वादा करके, उससे सिराजुद्दौला के खिलाफ बगावत करा दी। तब सिराजुद्दौला सेना लेकर पूर्णिया की ओर चल दिया।

शौकतगंज डर गया और उसने रास्ते में ही सिराज़ुद्धौला से मिलकर उससे सुलह करके नज़राने पेश किए। उसने वे सभी चिट्ठियां भी सिराजुद्दौला को सौंप दी, जो अंग्रेजों ने उसे बगावत करने के लिए लिखी थीं। सिराजुद्दौला ने अपने

दीवान राय दुर्लभ के माध्यम से हुक्म जारी कराया कि न तो अंग्रेज़, ना ही फ्रांसीसी कोई नया किला बनाए और न ही किसी पुराने किले की मरम्मत करें। फ्रांसीसियों ने तो यह आदेश मान लिया, किन्तु अंग्रेजों ने इसे नहीं माना।

सिराजुद्दौला अत्यंत उदार और अच्छे स्वभाव का व्यक्ति था, अपनी इसी कमज़ोरी के कारण उसे बाद में भारी नुकसान उठाना पड़ा। कलकत्ते का पंजाबी व्यापारी अमीचंद पहले ही अंग्रेज़ों के हाथों बिक चुका था। अंग्रेज़ों ने अब राजा बल्लभ के बेटे राजा किशनदास को कलकत्ता बुलाकर, अमीचंद के घर में रखवा दिया। राजा बल्लभ की सारी सम्पत्ति भी राजा किशनदास अपने साथ कलकत्ता ले आया। सिराजुद्दौला को यह और भी बुरा लगा। सिराजुद्दौला ने अंग्रेज़ों को हुक्म दिया कि किशनदास को वापिस भेजो। अंग्रेज़ों ने उसका यह हुक्म मानने से इनकार कर दिया। अंग्रेज़ों और सिराजुद्दौला के बीच अन्य कई मुद्दों पर तनाव बढ़ता गया, क्योंकि अंग्रेज़ तो उससे लड़ाई करना चाहते थे। अंग्रेज़ों ने सिराजुद्दौला की सेना के प्रधान सेनापति मीर जाफर को भी खरीद लिया।

प्लासी का युद्ध

पलाश वृक्षों का एक जंगल, मुर्शिदाबाद से बीस मील दूर था। यह पलाश बाग भी कहलाता था। इसी जंगल के पास बड़ा मैदान था। इसी मैदान में 23 जून 1757 को अंग्रेज़ों और सिराजुद्दौला की सेना का आमना-सामना हुआ। अंग्रेज़ी सेना का नायक 'क्लाइव' था, जो सिराजुद्दौला के मुख्य सेनापति मीर जाफर को रिश्वत देकर पहले ही खरीद चुका था।

सिराजुद्दौला और अंग्रेज़ों की सेना के बीच आठ घंटे लड़ाई चली। दोनों ओर के केवल 23 सैनिक मारे गए। सिराजुद्दौला युद्ध का मैदान छोड़कर भाग निकला, क्योंकि वह समझ गया कि उसके प्रधान सेनापति मीर जाफर ने उसे धोखा देकर तोपों में रेत भरवा दी है, क्योंकि तोपें चली ही नहीं। मीर जाफर सिराजुद्दौला का रिश्तेदार भी था। वह सिराजुद्दौला के नाना अलीवर्दी खां का बहनोई था, उसे अंग्रेज सेनानायक क्लाइव ने रिश्वत देकर अपनी ओर मिला लिया था। अतः उसने धोखे से सिराजुद्दौला को ही हरवा दिया। मीर जाफर को अंग्रेज़ों ने यह भी लालच दे रखा था कि सिराजुद्दौला को हटाकर उसे नवाब बना दिया जाएगा।

23 जून 1757 को सरलता से 'प्लासी' का मैदान मार लेने से ईस्ट इंडिया कंपनी के माध्यम से अंग्रेजी राज का एक तरीके से भारत में जन्म हुआ और धीरे-धीरे अंग्रेज़ी राज पूरे भारत में स्थापित होने लगा, यह पहली राष्ट्रीय पराजय थी। मुर्शिदाबाद का खजाना लबालब भरा हुआ था। क्लाइव ने उस खजाने को 6 जुलाई, 1757 तक कलकत्ते की अंग्रेज़ कमेटी के पास चांदी के 72, 71, 666 रुपयों की शक्ल में पहुंचा दिया। यह खजाना सात सौ सन्दूकों में भरकर सौ किश्तियों में लादा गया। सैनिकों की निगरानी में ये किश्तियां नदियां गई। वहां से अंग्रेज़ी सेना किश्तियों के साथ विजय का बाजा बजाते हुए आगे बढ़ी... इससे पहले कभी भी अंग्रेज कौम को एक साथ इतना नकद धन कहीं किसी लड़ाई में न मिला था।

अपार धन के अतिरिक्त क्लाइव को चार गांवों की ज़मींदारी मिल गई, चारों गावों को मिलाकर ही कलकत्ता बना था। ये चार गांव थे कलिकाता, सुतानटी, गोविन्दपुर और चौबीस परगना। क्लाइव ने हिन्दुस्तान में रहकर 25 लाख रुपए अपने लिए इकट्ठे किए। एक बड़ी जागीर भी उसने खरीदी जिसकी सालाना आमदनी कई लाख रु. थी। बाद में क्लाइव को इंग्लैंड जाकर आत्महत्या करनी पड़ी। जो अंग्रेज़ हिन्दुस्तान से इंग्लैंड वापिस लौटते थे, उनके पास इतना धन होता था कि वे इंग्लैंड में नवाब कहलाते थे। 'ईस्ट इंडिया कंपनी' हिन्दुस्तान में 'कंपनी बहादुर' कहलाती थी।

सन् 1770 में बंगाल और बिहार में भीषण अकाल पड़ा। अकाल के कारण इन प्रांतों की एक तिहाई आबादी भूख से मर गई। ईस्ट इंडिया कंपनी ने कोई सहायता नहीं की, बल्कि जीवित बचे किसानों से क्रूरतापूर्वक लगान वसूला गया और वह भी साधारण लगान से 10 प्रतिशत अधिक। सन् 1772 ईस्ट इंडिया कंपनी की आर्थिक स्थिति अत्यंत शोचनीय हो गई। कंपनी के डायरेक्टरों ने स्वीकार किया कि उन्हें दस लाख पाउंड की तत्काल आवश्यकता है।

एक तरफ कंपनी की यह आर्थिक स्थिति थी, दुसरी ओर हर अंग्रेज़ अफसर और सिपाही भारत को लूटकर इंग्लैंड पैसे ले जा रहे थे। क्लाइव के बाद वारेन हेस्टिंगस भारत आया। जब वह इंग्लैंड वापिस लौटा, तो उस पर वहां भ्रष्टाचार का मुकदमा चला, जिसमें वह बरी हो गया। ब्रिटिश सरकार का ईस्ट इंडिया कंपनी के कार्यों में हस्तक्षेप इसके बाद प्रारंभ हुआ। कंपनी के भारतीय क्षेत्र में

अब बोर्ड ऑफ़ कंट्रोल का दखल शुरू हुआ। ब्रिटेन ने, सन् 1784 में 'पिट्स इंडिया एक्ट' पास किया जिसने ईस्ट इंडिया कंपनी शक्तियों में कटौती की। सन् 1813 में ईस्ट इंडिया कंपनी का व्यापार में एकाधिकार भी भारत में समाप्त हो गया। सन् 1853 में कंपनी की नौकरियां देने की शक्ति भी छिन गई। यह नियुक्तियां अब प्रतियोगी परीक्षाओं द्वारा होने लगी।

सन् 1746 से 1763 तक अंग्रेज़ी सेनाएं यदा-कदा भारत में फ्रांसीसी सेनाओं से लड़ती रही। छिटपुट लड़ाइयों में फ्रांस की सेना हारती रही। सन 1775 से 1818 तक भारत में पेशवाओं का राज समाप्त हो गया। कुछ भाग अंग्रेज़ों के सीधे कब्जे में आ गया, कुछ राज्य अंग्रेज़ों के मातहत राजाओं के पास रहा। सन् 1814 और 1826 के बीच असम का क्षेत्र भी अंग्रेज़ों ने जीत लिया।

18वीं शताब्दी में बहादुर सिख महाराजा रणजीत सिंह की तलवार का बोल-बोला था। सन् 1820 तक उन्होंने पूरा पंजाब और कश्मीर जीत लिया था। सन् 1839 में रणजीत सिंह की मृत्यु के कुछ वर्ष बाद ही सिख फौजों और अंग्रेज़ फौजों में लड़ाई प्रारंभ हो गई। सन 1845 और 1849 के बीच कई युद्ध हुए। अंतिम लड़ाई के बाद अंग्रेज़ों और सिखों में मित्रता हो गई। 1856 में बर्मा का दक्षिणी भाग अंग्रेजी फौज ने जीत लिया, उसी वर्ष अवध पर भी अंग्रेजों का अधिकार हो गया।

वास्तविकता यह है कि भारत में दो गवर्नर जनरल ऐसे आए जिन्होंने अंग्रेज़ी साम्राज्य का भारत में विस्तार किया, जिनमें एक था लार्ड वेलेजली। (सन् 1798 ई.-जुलाई, 1805) जिसने कमजोर राजाओं के साथ संधि करके उनके राज्य पर आधिपत्य कर लिया। दसरा था लार्ड डलहौजी (सन् 1849 ई से मार्च 1856) यह भारत में 'डॉक्ट्रिन ऑफ़ लैप्स' का विचार लेकर आया था। उसने येन-केन-प्रकारेण राज्य अपहरण नीति अपनाई। डलहौजी के सामने 'ईस्ट इंडिया कंपनी' के निदेशकों का सन् 1834 का एक पत्र था, जो उन्होंने भारत की अंग्रेज़ सरकार के नाम लिखा था : "जब कभी किसी गोद लेने की क्रिया को मंजूर करना या न करना आपके हाथों में हो, आपको बहुत ही कम मंजूरी देनी चाहिए। आमतौर पर नहीं और जब कभी आप मंजूरी दें तो वह आपका विशेष अनुग्रह समझा जाना चाहिए।"

इस पत्र के आधार पर उसने कई रियासतों को बर्खास्त कर उन्हें अंग्रेज़ी राज्य में मिला लिया। देशी राज्यों को अंग्रेज़ों शासन में मिलाने के लिए डलहौजी

ने कई नए कानून बनाए जिनमें सबसे बड़ा और महत्वपूर्ण कानून था, "राजाओं के उत्तराधिकार कानून में परिवर्तन।"

इस कानून से पहले जिन राजाओं के कोई संतान नहीं होती थी। वह राज्य के उत्तराधिकारी के रूप में किसी बच्चे को गोद में लेकर अपना वारिस घोषित करते थे। डलहौजी द्वारा परिवर्तित कानून के द्वारा, "कोई निस्संतान राजा किसी बच्चे को गोद नहीं ले सकता था तथा उसकी मृत्यु के बाद अंग्रेज़ शासन का अधिकार उसके राज्य पर हो जाएगा!" लार्ड डलहौजी ने इस कूटनीतिक कानून के अलावा कई राजाओं की पदवी छीन ली, उनकी पेंशन बंद कर दी। ज़मींदारों की ज़मींदारियां छीन ली। मुगल बादशाहों की तस्वीरों वाले सिक्के बंद करके अंग्रेज़ों की तस्वीर वाले नए सिक्के चलाए। सेना के महत्वपूर्ण पदों पर अंग्रेज अफसरों को नियुक्त किया। अंग्रेज़ों ने भारतीय जनता के सामाजिक और धार्मिक कार्यों में भी पूरी तरह से हस्तक्षेप करना शुरू कर दिया। अंग्रेज़ी शिक्षा का प्रसार होने लगा, ईसाई धर्म का प्रचार होने लगा। लार्ड डलहौजी ने हिन्दुस्तान में रेल सेवा और बेतार के तार (टेलीग्राफ) की सेवा आरंभ की।

भाग - दो

अंग्रेजों को चुनौती

"हवा में रहेगी मेरे ख्याल की बिजली
ये मुश्ते-खाक है फानी, रहे-रहे, न रहे"

1857 से पहले के विद्रोह

सन् 1857 के प्रमुख विद्रोह से पहले ही भारत की जनता कोई न कोई विद्रोह करने लगी थी। यह विद्रोह मुख्यतः तीन भागों में बांटा जा सकता है : नागरिकों के विद्रोह, आदिवासियों के उपद्रव और किसान आंदोलन व विद्रोह।

सैनिक विद्रोह : 1857 से पूर्व यह सैनिक विद्रोह अंग्रेज सैन्य अधिकारियों के आपत्तिजनक व्यवहार, उत्पीडन तथा सेवा शर्तों, वेतन भत्तों में रंग भेद और जातीय भेदभाव के कारण हुए। इन विद्रोहों में सन् 1764 का विद्रोह, बेल्लोर का सन् 1806 का विद्रोह, सन् 1825 का असम तोपखाना विद्रोह, शोलापुर का सन् 1838 का और गोविन्दगढ़ का सन् 1849-50 का विद्रोह प्रमुख हैं।

जनजातीय आंदोलन : सन् 1760 से 1800 ई. तक बंगाल में संन्यासी विद्रोह रहा। इस विद्रोह में संन्यासियों ने स्थानीय जनता के साथ मिलकर, 'ईस्ट इंडिया कंपनी' की कोठियों व कोषों पर हमले किए।

चुआर विद्रोह : सन् 1764 ई. में चुआर जनजातियों ने अंग्रेजों के विरुद्ध विद्रोह किया। चुआर जनजाति बंगाल के मिदनापुर क्षेत्र में निवास करती थी। इस जाति ने आत्म विनाश (Scorched Earth) की नीति अपनाते हुए दलभूम, कैलापाल, ढोल्का तथा बाराभूम के राजाओं के साथ मिलकर विद्रोह किया। विद्रोह के कारणों में अकाल, भूमिकर में वृद्धि तथा अन्य आर्थिक कारण थे।

दीवान वेला टम्पी का विद्रोह : सन् 1805 में लार्ड वेलेजली ने ट्रावनकोर के महाराजा दीवान वेला टम्पी को सहायक संधि के लिए मजबूर किया।

महाराजा ने सहायक कर (Subsidy) देने में देरी की, परिणामस्वरूप सहायक कर की राशि बढ़ती गई। महाराजा दीवान वेला टम्पी इस बात से नाराज़ हो गए और उन्होंने नायर बटालियन का सहयोग प्राप्त कर, विद्रोह कर दिया।

भील विद्रोह : पश्चिमी तट के खान देश जिले में रहने वाली भील जनजाति ने सन् 1812-19 ई. अंग्रेज़ों के विरुद्ध हथियार उठाए थे! इस विद्रोह का कारण अंग्रेज सरकार द्वारा कृषि संबंधी यातनाएं तथा अंग्रेज़ी सरकार से भय रहा। सन् 1825 में सेवाराम की अगुवाई में भीलों ने दोबारा विद्रोह किया। ब्रिटिश इतिहासकारों के मतानुसार पेशवा बाजीराव द्वितीय तथा उसके प्रतिनिधि त्रिम्बक जी दांगलिया ने उन्हें प्रोत्साहित किया था।

'हो' तथा 'मुण्डा' विद्रोह : छोटा नागपुर तथा सिंह भूम की दो जनजातियों 'हो' तथा 'मुण्डा' ने सन् 1820-22 तथा दोबारा सन् 1831 में अंग्रेजों की सेना से टक्कर ली। इन दोनों जनजातियों के कारण सन् 1837 तक यह क्षेत्र तनावग्रस्त रहा।

रामोसी विद्रोह : रामोसी जनजाति के लोगों ने सन् 1822 में अंग्रेज़ों के विरुद्ध युद्ध किया, इस युद्ध का नेतृत्व सरदार चित्तर सिंह ने किया। उनके नेतृत्व में रामोसियों ने सतारा के आसपास का क्षेत्र लूट लिया। यह विद्रोह पुनः सन् 1825-26 में भड़का तथा सन् 1829 तक संपूर्ण क्षेत्र में अशांति रही। अंग्रेज़ी शासन पद्धति और उनके क्रिया-कलाप रामोसी जनजाति की अप्रसन्नता के कारण थे।

अहोम विद्रोह : सन् 1828 आसाम के अहोम अभिजात्य वर्ग के लोगों ने गोमधर कुंवर को अपना राजा चुनकर विद्रोह किया। विद्रोह का कारण अंग्रेजों द्वारा अहोम प्रदेश को ब्रिटिश साम्राज्य में शामिल करना था। सन् 1830 में प्रथम अहोम विद्रोह की असफलता के बाद द्वितीय अहोम विद्रोह हुआ।

वहाबी आंदोलन : (सन् 1831)! इस आंदोलन के मुखिया रायबरेली के सैयद अहमद (1786-1831) थे। इस आंदोलन का नेतृत्व करने की प्रेरणा उन्हें अरब के अब्दुल वहाब तथा दिल्ली के संत शाह वलीउल्ला से मिली थी। सैयद अहमद इस्लाम में किसी तरह के बदलाव के खिलाफ थे तथा वे चाहते थे कि इस्लाम धर्म उसी तरह चले जैसा हजरत मुहम्मद ने शुरू किया था।

भारत में इस आंदोलन का मुख्य केन्द्र पटना था तथा हैदराबाद, मद्रास, बंगाल, उ. प्र. और बम्बई में इसकी शाखाएं थीं। इस आंदोलन का उद्देश्य काफिरों के देश (दार-उल-हर्ब) को मुसलमानों के देश (दारुल-इस्लाम) में

बदलना था। सन् 1857 के विद्रोह में वहाबियों ने ब्रिटिश विरोधी भावनाओं के प्रसार में अत्यधिक योगदान दिया।

कोल विद्रोह : सन् 1831 छोटा नागपुर के कोलों ने बगावत कर दी। इस विद्रोह में लगभग 1000 विदेशियों (अंग्रेज़ों) की हत्या कर दी। यह विद्रोह बिहार के रांची, सिंह भूम, हजारी बाग, पलामू तथा मानभूम के पश्चिमी क्षेत्रों तक फैला था। इस विद्रोह की पृष्ठभूमि में कारण, कोलों के मुखिया मुण्डों (एक जनजाति) से अंग्रेज़ी शासकों द्वारा उनकी ज़मीन छीनकर मुस्लिम किसानों और सिखों को देना था।

खासी विद्रोह : (सन् 1833) ननक्लों के राजा निरुतसिंह ने खासी विद्रोह का नेतृत्व किया था। कंपनी ने पूर्व में जैन्तिया तथा पश्चिम में गारो पहाड़ियों को सन् 1833 में अपने कब्जे में ले लिया तथा ब्रह्मपुल घाटी तथा सिल्हट को जोड़ने हेतु एक सैन्य योजना बनाई। इस योजना का विरोध करने के लिए खाम्पटी तथा सिंहपो ने विद्रोह किया।

सतारा विद्रोह : 1839 में अंग्रेजों ने कूटनीति से सतारा के राजा प्रताप सिंह को राज सिंहासन से हटा दिया और उन्हें देश निकाला दे दिया, इस कारण इस क्षेत्र में विद्रोह हुआ। सन् 1840-41 में भयंकर उपद्रव हुए। नरसिंह दत्तात्रेय पेतकर ने बहुत सारे सैनिकों को इकट्ठा करके अंग्रेजों के विरुद्ध युद्ध करके बादामी का दुर्ग जीत लिया तथा उस पर सतारा के राजा का ध्वज फहराया।

फरायजी विद्रोह 1838-48 : फरायजी लोग फरीदपुर के हाजी शरीयतुल्ला द्वारा प्रारंभ किए गए संप्रदाय के अनुयायी थे। यह संप्रदाय ज़मींदारों द्वारा अपने मुजारों (ज़मीन खेती करने के लिए ज़मींदारों से किराए पर लेने वाले) पर अत्याचारों के खिलाफ था। साथ ही साथ यह संप्रदाय, धार्मिक तथा राजनैतिक परिवर्तन का भी पक्षधर था। संप्रदाय के संचालक हाजी शरीयतुल्ला के पुत्र दूदू मियां (सन् 1819-60) ने बंगाल से अंग्रेजों को बाहर निकालने की योजना बनाई और इस लिए विद्रोह किया। फरायजी विद्रोह 1838 से 1857 तक चलते रहे।

संथाल विद्रोह (सन् 1855-56) : राजमहल (बिहार) जिले के संथालों ने सन् 1855 में, सिंधु तथा कानू के नेतृत्व में विद्रोह किया, क्योंकि अंग्रेज़ भूमि कर

अधिकारी दुर्व्यवहार करते थे, इसके साथ ही पुलिस दमन भी अत्यधिक था। सन् 1856 में इस विद्रोह पर अंग्रेज़ सेना ने ताकत से विजय पा ली थी। अतः यह विद्रोह शीघ्र ही समाप्त हो गया।

स्पष्ट है कि सन् 1857 की सशस्त्र क्रांति से पहले भारत की जनता, जन जाति व कृषक समाज गुलामी की बेडियां तोड़ने के लिए छटपटाता रहा।

1857 के विद्रोह के विविध कारण

जैसा कि पिछले अनुच्छेद में चर्चा हो चुकी है कि सन् 1857 से पूर्व भी अनेक विद्रोह अंग्रेज़ सरकार के विरुद्ध हो चुके थे, जिसमें साधारण जन ने बढ़-चढ़ कर भाग लिया। परन्तु सन् 1857 के प्रारंभ में कुछ ऐसे कारण उत्पन्न हो गए कि देशी रियासतों ने भी सन् 1857 के विद्रोह में अपना समर्थन दिया। विद्रोह के समय वे राजा सहयोगी हुए जिनका राज्य विलय की कूटनीति के कारण उनके हाथ से निकलकर अंग्रेज़ सत्ता की ईस्ट इंडिया कंपनी के हाथों में चला गया था या जिनकी रियासत पर अंग्रेज़ों के आधिपत्य के बादल मंडरा रहे थे। लेकिन कुछ राजाओं ने विद्रोहियों का साथ नहीं दिया और वे अंग्रेज़ शासकों के साथ कंधे से कंधा मिलाकर खड़े हो गए। सन् 1857 के विद्रोह के अनेक राजनीतिक, प्रशासनिक, आर्थिक, सामाजिक व धार्मिक कारण थे।

राजनीतिक कारण : तत्कालीन लार्ड डलहौजी (सन् 1849 ई. मार्च 1856) ने सन् 1848 में एक कूटनीति बनाई जिसका नाम था 'डाक्ट्रिन ऑफ़ लैप्स' जो भारत के इतिहास में यह 'राज्य हड़प नीति' के नाम से कुख्यात है। डलहौजी ने अपने आठ वर्ष के कार्यकाल में भारत के अनेक राज्यों को 'हड़प नीति' के अंतर्गत ब्रिटिश राज्य में मिला लिया था। 'हड़प नीति' के अनुसार यदि कोई देशी नरेश निःसंतान मर जाता था, तो उसकी रियासत ईस्ट इंडिया कंपनी के अधिकार में चली जाती थी। देशी नरेशों का गोद लेने का अधिकार खत्म कर दिया गया। इस कूटनीतिक कानून की आड़ में, लार्ड डलहौजी ने एक-एक करके सतारा, नागपुर, झांसी, अवध, संभलपुर और जैतपुर की रियासतें हड़पकर, अंग्रेज़ी राज्य में मिला ली। हड़प नीति के द्वारा ज़मींदार और ताल्लुकेदार भी नहीं बच पाए। निःसंतान होने पर उनकी रियासतें भी हड़प ली गई। कुछ राज्यवंश ऐसे भी थे, जिन्हें लार्ड हलहौजी ने पेंशन देनी प्रारम्भ की,

किन्तु बाद में कोई बहाना बनाकर पेंशन को रोक भी दिया। एक आदेशानुसार पेशवा बाजीराव के दत्तक पुत्र नाना साहब की पेंशन बंद कर दी गई और यह घोषणा भी कर दी गई कि दिल्ली में बहादुरशाह ज़फर की मृत्यु के बाद उनके वारिसों को लाल किला खाली करना होगा। इस घोषणा से देशी राजा विचलित हो गए और उन्हें अपना अस्तित्व भी खतरे में दिखाई देने लगा। अंग्रेज़ी शासन से वे हजारों कर्मचारी और सैनिक भी नाराज़ थे। जिन्हें अंग्रेजी शासन ने उन राज्यों की सेवाओं से निकाल दिया था, जिन्हें उन्होंने अपने राज्य में मिलाया था, जिसमें वे पहले अपनी सेवाएं दे रहे थे। गवर्नर जनरल वेलेजली ने कुछ राज्यों के साथ ऐसी 'सहायक संधियां' थोपी जिसने राजाओं और नवाबों की सैन्य ताकत को खत्म कर दिया। उदाहरणस्वरूप कर्नाटक, तंजौर तथा सूरत के राजाओं को उपाधियों से वंचित कर दिया गया।

धार्मिक कारण : सन् 1813 से पहले ईसाई पादरियों को भारत आने की अनुमति नहीं थी। सन् 1813 ई. के कंपनी आदेश-पत्र (चार्टर) के द्वारा उन्हें यह सुविधा प्राप्त हो गई। इस आदेश पत्र के बाद बहुत सारे ईसाई पादरी भारत आए और उन्होंने ईसाई धर्म का प्रचार शुरू किया। भारतीय जनता को यह उचित नहीं लगा।

ईसाई पादरियों ने अपने धर्म प्रचार में हिन्दू धर्म और इस्लाम की निंदा शुरू की। वह भारतीयों को ईसाई बनाने के लिए पद, धन और सम्मान का लालच देने लगे। सन् 1856 में अंग्रेज़ों ने 'पैतृक संपत्ति कानून' बनाया। जिसके अनुसार धर्म परिवर्तन (इसाई होना) के बाद भी, उस व्यक्ति को पैतृक संपत्ति से वंचित नहीं किया जा सकता था। स्कूल, अस्पताल, जेलों को पादरियों ने ईसाई धर्म के प्रचार के लिए चुना। अंग्रेज़ों ने भारतीय समाज के सुधार के लिए कुछ कानून बनाए जैसे सती प्रथा की समाप्ति (विलियम बैंटिंक) और विधवा विवाह, धर्म परिवर्तन सुविधा (लार्ड कैनिंग) इत्यादि। भारतीय जनता ने महसूस किया कि अंग्रेज़ धर्म और समाज दोनों को समाप्त कर देना चाहते हैं। लार्ड डलहौजी के काल में रेल, डाक, तार का प्रयोग शुरू हुआ। इससे भी भारतीय समाज को ऐसा लगा कि अंग्रेज़ भारतीय संस्कृति को समाप्त करना चाहते हैं।

सामाजिक कारण : अंग्रेज़ अपने को दुनिया की सर्वश्रेष्ठ आर्य जाति, नस्ल और वंश मानते थे (अभी भी मानते हैं)। 1853 में देश में रेलगाड़ी तो आ गई

पर भारतीय, अंग्रेजों के साथ फ़र्स्ट क्लास में सफर नहीं कर सकते थे। अंग्रेज व्यापारियों द्वारा संचालित होटलों और क्लबों के मुख्य द्वार पर लिखा होता था, 'कुत्तों एवं भारतीयों के लिए प्रवेश निषेध' (Dogs and Indians are not allowed) अंग्रेज न्यायाधीश पक्षपातपूर्ण निर्णय देते थे।

आर्थिक कारण : सन् 1769 में अंग्रेजों ने एक व्यापार नीति अपनाई, इस नीति के अंतर्गत जो तैयार माल भारत से ब्रिटेन निर्यात किया जाता उस पर अत्यधिक निर्यात कर (Export Duty) लगाया जाता तथा जो कच्चा माल ब्रिटेन भेजा जाता था उस पर निर्यात कर अत्यंत कम लगाया जाता था। ब्रिटेन में निर्मित सामान को भारत में आयात करने पर आयात कर (Import Duty) अत्यधिक कम रखा गया। धीरे-धीरे भारतीय कामगारों और बुनकरों का धंधा चौपट हो गया, क्योंकि इंग्लैंड से सस्ता माल आने लगा। अंग्रेज़ों की आर्थिक नीतियों के कारण ज़मींदार, ताल्लुकेदार, किसान, मध्यम-वर्ग, मजदूर, उद्योगपति और व्यापारी लगभग तबाह हो गए। इसलिए उनमें अत्यंत असंतोष फैल गया।

सैनिक असंतोष : कंपनी के अधिकारी भारतीय सैनिकों के साथ भेदभावपूर्ण व्यवहार करते थे। सेना के उच्च पदों पर केवल अंग्रेज़ अधिकारी ही नियुक्त होते थे। अवध को अंग्रेजी राज्य में मिलाए जाने की वजह से भारतीय सैनिकों में असंतोष था, क्योंकि अधिकतर भारतीय सैनिक अवध क्षेत्र के निवासी थे। अतः वे अवध पर ब्रिटिश हुकुमत नहीं देखना चाहते थे। सन् 1854 ई. में एक कानून के द्वारा भारतीय सैनिकों की परिवार के साथ मुफ्त पत्र व्यवहार की सुविधा समाप्त कर दी गई, जिससे सैनिकों में असंतोष था।

प्रथम अफगान युद्ध (1839-42 ई.) में अंग्रेजी सेना अफगानों से हार गई, अतः भारतीय सैनिकों में यह आशा बलवती होने लगी कि वे अंग्रेज़ों को सशस्त्र लड़ाई में हरा सकते हैं। सन् 1856 ई. में लार्ड कैनिंग ने 'सामान्य सेना भर्ती अधिनियम' बनाया। इसके अंतर्गत सैनिकों को भारत में कहीं भी भेजा जा सकता था। अपने आश्रितों के भविष्य की चिंता से सैनिकों में असंतोष था। सन् 1856 के अधिनियम के अनुसार सैनिकों को विदेश भी भेजा जा सकता था, जब कि ब्राह्मण सैनिक समुद्र यात्रा को धर्म विरुद्ध मानते थे और विदेश जाने वाले को जाति से निकाल दिया जाता था।

सन् 1856 में पुरानी बन्दूकों के स्थान पर नई 'एन फील्ड राइफल' का प्रयोग करने की योजना अंग्रेज़ी अफसरों ने बनाई। इस राइफल के प्रयोग में आने वाले कारतूस को दांत से काटकर खोलना था, जिसमें गौ मांस और सुअर की चर्बी लगी थी। इस अधार्मिक कार्य ने हिन्दू व मुसलमान दोनों सैनिकों की धार्मिक भावनाओं को भड़का दिया और यही घटना 1857 के जन और सैनिक विद्रोह का प्रमुख कारण बनी।

क्रांति की ओर...

भारत में लार्ड डलहौजी का शासन सेवाकाल फरवरी 1856 में समाप्त हो गया। वह इंग्लैंड चला गया और उसके स्थान पर 29 फरवरी 1856 को लार्ड कैनिंग गवर्नर जनरल होकर भारत आया।

लार्ड डलहौजी इंग्लैंड तो चला गया, परन्तु जाते-जाते, भारत में विद्रोह की अग्नि को सुलगा गया, जिसका जिक्र पिछले परिच्छेदों में आ चुका है।

लार्ड कैनिंग विनम्र स्वभाव का व्यक्ति था। उसने भारत आते समय कहा था, **"भारत में बाहरी शांति अवश्य है, पर उस देश के क्षितिज पर एक छोटा-सा काला बादल भी दिखाई दे रहा है। मैं ईश्वर से प्रार्थना करता हूं इस छोटे से बादल को बड़ा रूप न प्राप्त हो।"**

इंग्लैंड से भारत आते ही उसने वही पाया जो उसने सोचा था : चारों ओर विद्रोह की सुगबुहाट थी। विद्रोह की आशंका का कारण था अंग्रेज़ी सेना में भारतीय सैनिकों के साथ भेदभाव और अन्याय तथा नवाब, राजा, ज़मींदारों के साथ दुर्व्यवहार।

कारतूस की घटना : बंगाल में बैरकपुर फौजी छावनी के पास दमदम कारखाने में हथियार बनते थे।

जनवरी सन् 1857 के प्रारंभिक दिनों में, दमदम छावनी में एक व्यक्ति एक सैनिक से पीने का पानी मांगता है। सैनिक अपने लोटे से पानी पिलाने से इन्कार कर देता है, क्योंकि वह उच्च कोटि ब्राह्मण है और जो व्यक्ति पानी मांग रहा है वह निम्न जाति का है।

पानी मांगने वाला निम्न जाति का व्यक्ति, दमदम कारतूस फैक्टरी में कार्य करता है। कारतूस के निर्माण के बारे में उसे पूरी जानकारी है, अतः वह ब्राह्मण सैनिक से व्यंग्य में कहता है : "तुम्हारा जाति का अभिमान अब शीघ्र ही भंग हो जाएगा, क्योंकि अंग्रेज़ जिन कारतूसों को तुम्हें प्रयोग के लिए देंगे, उनमें सुअर और गाय की चर्बी मिली होगी।"

अंग्रेजों ने सेना की बंगाल इकाई में जब, एन फील्ड पी-53 राइफल में नई किस्म के कारतूसों का इस्तेमाल शुरू कराने की कोशिश की तब उस सैनिक ने निम्न जाति के व्यक्ति द्वारा कही बात में सच्चाई पाई। यह खबर जंगल में आग की तरह सैनिकों में फैल गई। जल्दी ही यह खबर बंगाल की बैरकपुर स्थित छावनी में भी पहुंच गई। बहरामपुर की 19वीं रेजीमेंट के सैनिकों ने इन चर्बीयुक्त कारतूसों को अपनी बन्दूकों में प्रयोग करने से इन्कार कर दिया। परन्तु अधिकारियों द्वारा समझाने-बुझाने से सैनिक शांत हो गए। यह घटना 2 फरवरी, 1857 की है। अधिकारियों को कछ अनहोनी का आभास हो गया। अतः 19वीं रेजीमेंट को ही 26 फरवरी 1857 को समाप्त कर दिया गया।

29 मार्च 1857 को, बंगाल डिविजन स्थित बैरकपुर की, 34वीं बी. एन. आई. (बंगाल नेटिव इन्फेंट्री) में ह्यूसन नाम का एक सार्जेंट मेजर था, किसी ने आकर उसे सूचना दी कि 'मंगल पांडे' नाम का एक सैनिक (नं. 1446) अपनी संगीन तान कर लाइन से बाहर निकल आया है। मंगल पांडे का यह कार्य सैनिकों के अपेक्षित आचरण के विरुद्ध था। ह्यूसन ने इस घटना की जानकारी एडूजुटेंट लेफ्टिनेंट बॉफ को दे दी। ह्यूसन तथा बॉफ ने देखा कि मंगल पांडे क्वार्टर गारद के बाहर अपने साथियों को धर्म की रक्षा के लिए हमला करने को उकसा रहा है। जैसे ही उसकी निगाह इन दोनों अफसरों पर पड़ी, उसने बॉफ पर गोली चलाई और उसके घोड़े को मार गिराया। इसके बाद वह तलवार लेकर ह्यूसन तथा बॉफ पर टूट पड़ा। 20 सैनिकों की गारद बेपरवाह चुपचाप सब कुछ देखती रही। एक भी सैनिक अधिकारियों की रक्षा के लिए आगे नहीं आया।

थोड़ी देर बाद, शेख पलटू नामक एक सैनिक अफसरों की मदद के लिए आगे बढ़ा। उसने जैसे-तैसे मंगल पांडे पर काबू पाया। दोनों अफसर जान बचाकर भागे। इसके बाद 34वीं बी. एन. आई. का कर्नल व्लीहर आया, उसने गारद को हुक्म दिया कि बागी को गिरफ्तार किया जाए। उसके हुक्म की तामील किसी भी सैनिक ने नहीं की। इसके बाद ब्रिगेडियर ग्रांट आया, मगर सैनिकों ने उसका भी आदेश नहीं माना। मंगल पांडे, अपने साथियों को धर्म की रक्षा के लिए उकसा रहा था और उन्हें साथ न देने पर धिक्कार भी रहा था। इसके बाद जनरल हियर्से और उसके दो बेटे, घोड़ों पर सवार होकर रिवॉल्वर लहराते हुए आए और रिवॉल्वर गारद पर तान दी, जिसके बाद कुछ सैनिक इस बागी के

विरुद्ध हरकत में आए। मंगल पांडे ने भी अपनी संगीन साथी सैनिकों पर तान दी, वह घायल हो कर गिर पड़ा और उसे गिरफ्तार करके अस्पताल भेज दिया गया।

मंगल पांडे पर मुकदमा चलाया गया। उसे फांसी की सज़ा सुनाई गई। बैरकपुर के सभी जल्लादों ने उसे फांसी देने से इन्कार कर दिया। अंत में कलकत्ते से जल्लाद बुलवाकर उसे आठ अप्रैल 1857 को फांसी दे दी गई। जिस सैनिक ने मंगल पांडे को गिरफ्तार करने से इन्कार कर दिया था। उस सैनिक का नाम जमादार ईश्वरी पांडे था। उसे भी 21 अप्रैल, 1857 को फांसी दी गई। इसके साथ ही 34वीं रेजीमेंट की सातों कंपनियों को भंग कर दिया तथा सिखों और मुसलमानों की पीठ ठोंकी गई। इस प्रकार मंगल पांडे से 1857 की क्रांति का सूत्रपात हुआ। इसकी चर्चा भारत की सब सैनिक छावनियों में हुई।

लार्ड राबर्ट्स ने अपनी सुविख्यात पुस्तक 'फोरटी वन ईयर्स इन इंडिया' में लिखा है : **"इसी दिन से प्रत्येक भारतीय फौजी को 'पांडे' के नाम से पुकारा जाने लगा।"**

क्रांति योजना का सूत्रपात

पिछले परिच्छेद में उन कारणों का वर्णन था, जिसने क्रांति की पृष्ठभूमि तैयार की थी। कुछ तात्कालिक कारण भी अत्यंत महत्वपूर्ण हो गए, जिसने स्वतंत्रता की तड़पन की आग में घी का काम किया। वे 5 पांच कारण थे : (1) **दिल्ली के बादशाह के साथ अंग्रेज़ों का लगातार अनुचित व्यवहार, (2) अवध के नवाब और अवध की प्रजा के साथ अत्याचार, (3) डलहौजी की अपहरण नीति का तेजी से प्रसार, (4) अंतिम पेशवा बाजीराव के दत्तक पुत्र नाना साहब के साथ कंपनी का अन्याय, (5) भारतवासियों को शीघ्रता से ईसाई बनाने की आकांक्षा और भारतीय सेना में ईसाई मत का तीव्र प्रचार।**

जैसे-जैसे दिल्ली के बादशाह की ताकत कमजोर होती गई, कंपनी की ताकत बढ़ती गई। शाहआलम के समय तक तो दिल्ली के बादशाह की कुछ इज्जत भी थी, लेकिन उसके देहांत के बाद जब उसका बेटा अकबरशाह दिल्ली की गद्दी पर बैठा तो उसके साथ अंग्रेज़ कंपनी का व्यवहार बदल गया। अंग्रेज़ उसके साथ बेइज्जती से पेश आने लगे। इससे दिल्ली की मुस्लिम जनता में अंग्रेजों के प्रति नफरत भर गई। अकबरशाह की मृत्यु के पश्चात् जब बहादुरशाह ज़फर गद्दी पर बैठा तो अंग्रेजों ने उसके साथ भी वही व्यवहार किया। बहादुरशाह ज़फ़र ने अपने इकरारनामे के मुताबिक, खर्च की रकम बढ़ाने के लिए अंग्रेज़ों को लिखा तो जवाब आया कि **"यदि आप अपने और अपने वारिसों के रहे सहे अधिकार कंपनी को सौंप दें, तो खर्च की रकम बढ़ा दी जाएगी।"**

बहादुरशाह ज़फर ने इसे अस्वीकार कर दिया!

अंग्रेज़ कंपनी ने अवध के नवाब वाजिद अली को ज़बर्दस्ती गद्दी से उतार दिया और उसे गिरफ्तार करके कलकत्ते भेज दिया। इससे अवध के लोगों में गुस्सा भर गया, इसके इलावा हजारों ज़मींदारों और ताल्लुकेदारों की पैतृक ज़मींदारियां बिना कारण कंपनी ने छीन ली। इससे जनता उत्तेजित हो उठी।

बिठुर के महाराजा बाजीराव पेशवा से राज्य लेते समय अंग्रेज़ों ने वायदा किया था कि उसे राज्य के बदले में आठ लाख रुपए सालाना मिलता रहेगा। बाजीराव की मृत्यु के बाद अंग्रेज़ों ने यह पेंशन बंद कर दी और नाना साहब को यह भी धमकी दी कि उन्हें पेंशन के बाकी 62 हजार रुपए भी नहीं मिलेंगे तथा उनकी बिठुर की जागीर भी जब चाहे छीन ली जाएगी, क्योंकि बाजीराव ने धुंधूपंत (नाना साहब) को गोद लिया था। वह बाजीराव की संतान नहीं है।

अंग्रेजों के इस व्यवहार से नाना साहब के दिल में अंग्रेजों के प्रति घृणा पैदा हो गई।

सन् 1857 में नाना साहब ने अपनी पैरवी करने के लिए अपने विश्वासपात्र वकील अजीमुल्ला खां को ईस्ट इंडिया कंपनी के मुख्यालय इंग्लैंड भेजा।

अजीमुल्ला खां वकील होने के साथ-साथ योग्य नीतिज्ञ भी थे। उन्हें अंग्रेज़ी और फ्रेंच भाषा बहुत अच्छी तरह आती थी। लंदन में अजीमुल्ला खां को अपने कार्य में सफलता नहीं मिली। नाना साहब की पेंशन के बारे में इंग्लैंड के शासकों ने उनकी एक न सुनी। ईस्ट इंडिया कंपनी के उच्च अधिकारियों ने कहा, **"गवर्नर जनरल द्वारा किया गया फैसला हमें पूरी तरह मंजूर है और इसलिए बाजीराव के दत्तक (गोद लिए गए) पुत्र का उनकी पेंशन पर किसी तरह का अधिकार शेष नहीं रहता!"**

अजीमुल्ला खां, जिन दिनों लंदन में ईस्ट इंडिया कंपनी के दफ्तर के चक्कर काट रहे थे। उन्हीं दिनों लंदन में एक मराठा नीतिज्ञ रंगो बापू जी भी लंदन में डेरा डाले हुए थे। वह सतारा के पदच्युत राजा की ओर से अपील करने आए थे, लेकिन उन्हें भी कोई सफलता नहीं मिली थी।

अजीमुल्ला खां और रंगो बापू जी की मुलाकात लंदन में हुई और यहीं से 1857 की क्रांति की भूमिका तैयार हुई। योजना के अनुसार दोनों असफल नीतिज्ञ भारत की ओर रवाना हुए। अजीमुल्ला खां फ्रांस के रास्ते हिन्दुस्तान के लिए चले। रंगो बापू जी दक्षिण के राजाओं को इस योजना के पक्ष (क्रांति की योजना, अजीमुल्ला खां और रंगो बापू जी, के बीच इंग्लैंड में बनी थी) में करने के उद्देश्य से सतारा वापिस आ गए।

नाना साहब के चतुर वकील अजीमुल्ला खां यूरोप के अन्दर अंग्रेज़ों की ताकत और स्थिति का अनुमान लगाने के लिए यूरोप के अन्य देशों का भ्रमण

करने लगे। अपने यूरोपीय देशों के भ्रमण के दौरान उन्होंने यह जानने की कोशिश भी की कि स्वाधीनता संग्राम की योजना में कौन-कौन से देश उनकी सहायता करेंगे।

यूरोप भ्रमण के दौरान अजीमुल्ला खां टर्की की राजधानी 'कुस्तुनतुनिया' पहुंचे। उन दिनों रूस का और इंग्लैंड का युद्ध चल रहा था। अजीमुल्ला खां को ज्ञात हुआ कि हाल में ही 'सेबस्ते पोल' की लड़ाई में रूस ने अंग्रेजों को हरा दिया। अजीमुल्ला खां ने यह लड़ाई एक दिन, स्वयं लंदन के एक अखबार 'टाइम्स' के संवाददाता 'रसल' के साथ बैठकर देखी थी। अजीमुल्ला खां ने इटली, टर्की, रूस, मिन की यात्रा की तथा उनके शासकों को, भारत के भावी स्वाधीनता संग्राम में सहायता करने के लिए प्रेरित किया। इस तरह यूरोप तथा एशिया के अनेक देशों का भ्रमण करते हुए अजीमुल्ला खां भारत लौटे। अब एक ओर रंगो बापू जी सतारा में बैठकर दक्षिण के शासकों और वहां की जनता को आगामी क्रांति के लिए तैयार कर रहे थे, तो दूसरी ओर अजीमुल्ला खां और नाना साहब बिठुर में बैठकर आगामी क्रांति के नक्शे को पूरा कर रहे थे।

सन् 1856 में दिल्ली के बादशाह बहादुरशाह ज़फर ने ईरान के बादशाह से संपर्क किया और उससे सैनिक सहायता मांगी ताकि अंग्रेज फौज से युद्ध किया जा सके। बहादुरशाह ज़फर ने सुन्नी पंथ को त्यागकर शिया धर्म भी अपना लिया। जिसके अवध के नवाब और ईरान के बादशाह अनुयायी थे। क्रांति की योजना का मुख्य उद्देश्य था कि भारत की समस्त हिन्दू-मुस्लिम जनता, बूढ़े बादशाह बहादुरशाह ज़फर के झंडे के नीचे मिलकर अंग्रेजों को देश से बाहर निकाल दे! सतारा के रंगो बापू जी और बिठुर के नाना साहब और उनके विश्वासपात्र मित्र अजीमुल्ला खां की क्रांति योजना को गुप्त और विशाल संगठन की आवश्यकता थी। जो क्रांति की योजना को मूर्तरूप दे और इस तरह से लोगों को संगठित करे जो सारे हिन्दुस्तान में एक ही दिन, विद्रोह को एक साथ प्रारंभ करके अंग्रेजों को हिन्दुस्तान से खदेड़ दे।

क्रांति के संगठन का केन्द्र नाना साहब ने बिठूर को बनाया। इस संगठन ने सारी योजना को इतना गुप्त तरीके से कार्यरूप दिया कि अंग्रेजों को इसकी भनक तक न लगी। नाना साहब के गुप्त दूत पूरे हिन्दुस्तान में चारों ओर घूमने लगे। वे दिल्ली से लेकर मैसूर तक के राजदरबारों में पहुंचे और नाना साहब का क्रांति

योजना का पत्र उन तक पहुंचाया–जिसमें उन्हें क्रांति में सहयोग करने के लिए निमंत्रित किया गया था! गुप्त दूत कंपनी की सारी देशी फौजों तथा जनता को भी अपनी ओर मिला रहे थे। बैरकपुर से पेशावर तक और लखनऊ से सतारा तक हज़ारों गुप्तचर फकीरों और संन्यासी के वेश में, एक-एक गांव व देशी सेना की छावनियों में स्वाधीनता के लिए युद्ध का प्रचार करने लगे। क्रांति के लिए पांच मुख्य केन्द्र बने-दिल्ली, बिठूर, लखनऊ, कलकत्ता और सतारा।

अनेक भारतीय सरकारी कर्मचारी, अंग्रेजों के बावर्ची और भिश्ती तक इस राष्ट्रीय क्रांति योजना में शामिल थे। मेलों में तमाशों, पवाड़ों, लावनियों, कठपुतलियों तथा नाटकों के माध्यम से भी क्रांति योजना का प्रचार किया जा रहा था।

कमल और रोटी : योजना के अनुसार क्रांति के दो प्रतीक चिह्न तय किए गए : एक कमल और दूसरा रोटी। कमल का फूल उन सब देशी सैनिकों की छावनियों में घुमाया जाता था, जो क्रांति योजना में शामिल थीं। एक पलटन का सिपाही फूल लेकर दूसरी पलटन में जाता था। उस पलटन में वह फूल सभी सिपाहियों के हाथों से गुजरता था। जिसके हाथ में वह फूल सबसे आखिर में आता था, उस सैनिक का कर्तव्य था कि वह उस फूल को पास की दूसरी छावनी तक पहुंचा दे। इस तरह हज़ारों कमल पेशावर से बैरकपुर तक देशी छावनी के सैनिकों के बीच घुमाए गए।

रोटी : रोटी को एक गांव का चौकीदार दूसरे गांव के चौकीदार के पास ले जाता था। इस चौकीदार का फर्ज था कि वह उस चपाती या रोटी में से थोड़ी से खुद खाकर, बाकी रोटी गांवों के बाकी लोगों को खिला दे और फिर उसी तरह की रोटियां बनवा कर अपने पास के अगले गांव में पहुंचा दे। रोटियां एक गांव से दूसरे गांव पहुंचाने का अर्थ था कि इस गांव के लोग राष्ट्रीय क्रांति में भाग लेने को तैयार हैं। कुछ ही महीनों में ये रोटियां देश के कोने-कोने में लाखों गांवों में पहुंच गई थी।

भारतीय छावनियों के सैनिकों ने अनेक रात गुप्त सभाएं की और क्रांति के लिए संकल्प किया कि वे हर कीमत पर इसे सफल बनाएंगे। इसके लिए विभिन्न छावनियों में गुप्त पत्राचार भी हुआ, जिसमें लिखा रहता था, **"भाइयो! हम स्वयं विदेशियों की तलवार अपने शरीर में घोंप रहे हैं। यदि हम क्रांति के लिए**

खड़े हो जाएं तो सफलता निश्चित है! कलकत्ते से पेशावर तक सारा मैदान हमारा होगा।"

नाना साहब ने धीरे-धीरे सैनिकों का संगठन भी खड़ा किया। इस संगठन को लखनऊ राज्य से सहायता प्राप्त हुई। धीरे-धीरे अन्य राज्यों ने भी सहयोग देना आरंभ किया, जिनमें जम्मू के राजा गुलाबसिंह भी थे। धीरे-धीरे साहूकारों ने भी नाना साहब को आर्थिक सहयोग देना प्रारंभ कर दिया।

क्रांति के लिए निश्चित दिन 31 मई : नाना साहब, अजीमुल्ला खां, बहादुरशाह ज़फर, रंगो बापू जी, बेगम हजरत महल आदि सभी क्रांतिकारी नेताओं ने एक साल से भी कम समय में, जी तोड़ परिश्रम से पूरे हिन्दुस्तान में एक ही दिन एक ही समय पर रक्तिली क्रांति की योजना कर ली। इस क्रांति योजना को पूरा करने के लिए नाना साहब, अजीमुल्ला खां, तात्यां टोपे आदि सभी साथियों को लेकर बिठूर से तीर्थयात्रा के बहाने निकलें। जाहिर है कि यह यात्रा बेहद गुप्त थी और इसके सारे संदेश भी बहुत ही गोपनीय रखे जाने थे।

प्रसिद्ध इतिहासकार पं. सुंदरलाल ने लिखा है, **"सबसे पहले ये लोग दिल्ली पहुंचे, लाल किले के दीवानेखास में बादशाह बहादुरशाह, बेगम जीनत महल और दिल्ली के मुख्य-मुख्य नेताओं के साथ इन लोगों की गुप्त मंत्रणाएं हुई। इसके बाद नाना साहब अंबाला गए। फिर गुप्त रीति से कई दूसरी जगहों से होते हुए 18 अप्रैल को नाना और उनके साथी लखनऊ पहुंचे। लखनऊ में नाना का बड़े समारोह के साथ जुलूस निकाला गया। इसके बाद कालपी इत्यादि होते हुए नाना अप्रैल के अन्त में बिठूर वापस आ गए।" रसल ने लिखा है कि "इस यात्रा के दौरान नाना और अजीमुल्ला खां रास्ते की सब अंग्रेज़ी छावनियों में होते जाते थे।"**

इस तरह सबको सूचित किया गया कि पूरे हिन्दुस्तान में 31 मई, 1857 को क्रांति होगी।

इस तिथि की सूचना न सिर्फ जनता को दी गई, बल्कि भारतीय पलटन के तीन-तीन भारतीय अफसरों को भी दी गई। इस प्रकार 31 मई, 1857 की तिथि का पूरा देश प्रतीक्षा करने लगा... ब्रिटिश संसद के 'हाउस ऑफ कॉमन्स' में डिजरायली ने 27 जुलाई, 1857 को कहा, "यह सिपाही विद्रोह नहीं था। यह राष्ट्रीय बगावत थी।"

भाग - तीन

1857 का पहला स्वाधीनता संग्राम

"वे चले गए अज्ञात किसी ने आंसू नहीं बहाए,
शोक गीत नहीं गाए।"

क्रांति की शुरुआत मेरठ से

सन् 1857 में मेरठ छावनी भारत की बड़ी सैनिक छावनियों में से एक थी। पैदल पलटन में हिन्दू तथा घुड़सवारों में मुसलमानों की संख्या सबसे ज़्यादा थी। इस छावनी में भी मंगल पांडे और ईश्वरी पांडे की फांसी की सजा की ख़बर पहुंच चुकी थी। मंगल पांडे और ईश्वरी पांडे के विद्रोह के कारणों की खबर भी पहुंच गई थी। सभी सैनिक सतर्क थे। चिकने कारतूस वहां भी पहुंच गए। एनफिल्ड बन्दूक भी पहुंच गई। मेरठ छावनी के एक अंग्रेज़ अफसर कर्नल स्मिथ ने अपने दस्ते में देशी सिपाहियों को इस बन्दूक के प्रशिक्षण की योजना 24 अप्रैल, 1857 से बनाई।

ब्रिगेडियर विल्सन तक यह खबर पहुंच गई। वह भारतीय सेना में चालीस वर्षों से नौकरी कर रहा था। वह अच्छी तरह जानता था कि देशी सिपाहियों को चोट पहुंचाना महंगा साबित होगा। परन्तु एनफिल्ड बन्दूक का प्रशिक्षण देना भी आवश्यक था। इसलिए उसने सुझाव दिया, "हम देशी फौजियों को समझाएंगे। हम अभ्यास के लिए पुरानी कारतूस का ही प्रयोग करेंगे।"

लेकिन विलसन के इस सुझाव से अन्य अंग्रेज अफसर सहमत न थे। उनकी राय थी कि **"अगर हम मेरठ के सिपाहियों को यह सहूलियत देंगे तो इसका बुरा असर दूसरी छावनियों पर भी पड़ेगा। सब यही मांग करने लगेंगे। सेना का अनुशासन ख़त्म हो जाएगा।"**

सभी ने एक मत से फैसला किया कि "अब यह सहूलियत किसी को भी नहीं दी जाएगी, देशी सैनिकों को भी चर्बी लगाई कारतूसे ही दी जाएंगी। 23 अप्रैल, 1857 की शाम को ही सैनिकों ने प्रतिज्ञा कर ली थी कि वे इन कारतूसों का प्रयोग किसी भी कीमत पर नहीं करेंगे। 24 अप्रैल, 1857 को, कर्नल कार माइकेल स्मिथ ने जो मेरठ छावनी में तीसरे देशी रिसाले का कमांडर था, उसने विभिन्न सैन्य दलों में से चुने गए 90 सैनिकों की परेड कराई। परेड में जब नए

कारतूसों के प्रयोग की आज्ञा दी गई तो 90 में से केवल 5 सैनिकों ने उसकी आज्ञा का पालन किया। शेष 85 सैनिकों ने आदेश का पालन नहीं किया, क्योंकि नायक वजीर अली पिछली रात ही सबको बता चुका था कि कारतूसों में गाय और सुअर की चर्बी लगी है। इसलिए 23 अप्रैल की रात में ही मुसलमान सिपाहियों ने कुरान की और हिन्दू सिपाहियों ने गंगा की कसम खाई थी कि वे किसी भी कीमत पर नए कारतूसों का इस्तेमाल नहीं करेंगे। गिरफ्तार कर के 85 सैनिकों का 'कोर्ट मार्शल' किया गया। प्रत्येक को आठ-आठ, दस-दस साल की सजा सुना दी गई। 9 मई, 1857 को सबेरे सभी जवानों को अपमानित करने के इरादे से परेड मैदान पर लाया गया। गौरी फौज और तोपखाना वहां मौजूद था ही। अन्य सभी भारतीय सैनिकों को भी वहां बुला लिया गया, ताकि वे भी आदेश का पालन न करने का परिणाम देख सके। उनकी उपस्थिति में इन 85 जवानों की फौजी वर्दियां उतरवाई गई, उनसे शस्त्र छीने गए और उन्हें हथकड़ी-बेड़ियां लगाकर, नंगे पांव करके (उनके शरीर पर लंगोट के सिवाय कुछ न था) जेल भेजा गया।

नंगे पांव, बिना पगड़ी और हाथों में बेड़ी लटकाए सैनिकों का जुलूस निकाला गया। कवायद मैदान से लेकर जेल की तरफ जाता हआ यह जुलूस सारे मेरठ शहर ने देखा। मेरठ शहर के वासियों की आंखों में खून उतर आया।

मेरठ छावनी के लगभग सत्रह सौ सैनिकों के सामने उन 85 सैनिकों को यह अपमानजनक सजा दी गई थी। उनमें क्रोध तो बहुत था, लेकिन वे उस क्रोध को पी कर उस दिन शांत ही रहे, क्योंकि उन्हें सूचना थी कि क्रांति 31 मई को होनी है। शाम को मेरठ के कुछ हिन्दुस्तानी सिपाही शहर में घूमने गए। शहर की स्त्रियों ने जगह-जगह पर उन्हें यह कहकर ताने मारे और अपमानित किया, "छिः ! तुम्हारे भाई जेलखाने में हैं और तुम यहां बाजार में मक्खियां मार रहे हो। तुम्हारे जीने पर धिक्कार है।" इसके बाद महिलाओं ने उन्हें पहनने के लिए चूडियां भी दीं। क्रोध और अपमान से भरे सिपाही तुरन्त अपनी-अपनी बैरिकों में लौट आए, उन्होंने शहर में महिलाओं द्वारा उनसे किए गए व्यवहार का विवरण अपने अन्य साथियों को दिया। रात-भर जगह-जगह बैरिकों में गुप्त मिटिंग चलती रही। अंत में विद्रोही फौजी 12 नंबर की पलटन को भी अपने साथ मिलाने में सफल हो गए।

31 मई तक विद्रोह के लिए इंतजार करना अब उनके लिए मुश्किल हो गया। उन्होंने मेरठ और दिल्ली के नेताओं को ख़बर भेज दी कि वे विद्रोह शुरू कर रहे हैं और 11 तारीख को दिल्ली पहुंच जाएंगे। इस समय मेरठ छावनी में 1850 अंग्रेज़ तथा 3000 हज़ार भारतीय सैनिक थे। तोपखाना अंग्रेज़ सैनिकों के हाथ में था। 10 मई को इतवार था। मेरठ शहर के हज़ारों हथियार बंद लोग क्रांति के लिए तैयार थे। छावनी में भी पिछली सारी रात क्रांति की तैयारी हुई थी।

मंगल पांडे

अंग्रेज़ नागरिक चर्च जाने की तैयारी कर रहे थे। तब तक हिन्दुस्तानी सिपाहियों ने जेल तोड़ दिया। सभी पिच्चासी कैदी सैनिकों को जेल से रिहा किया गया। जेलर भी क्रांतिकारियों से मिले हुए थे। मेरठ में और एक जेल थी, जिसमें शहर के खतरनाक गुंडे बंद थे। इस जेल पर गांव वालों ने हमला बोल दिया। जेलखानों की दीवारें गिरा दी गईं। सब कैदियों की बेड़ियां काट दी गईं। गिरजाघर के घंटों की आवाज़ के साथ बन्दूकें गरज उठी। चारों ओर विजय का उल्लास मेघ गर्जन करने लगा। वायुमंडल में नारे गूंजने लगे।

'हर हर महादेव'

'दीन-दीन'

'मारो फिरंगी को

हिन्दू मुसलमान, पैदल सवार और तोपखाने के सिपाही इधर-उधर मेरठ के सब अंग्रेज़ों को मारने के लिए दौड़ पड़े। टेलीग्राम के तार काट डाले गए, रेल की पटरियों पर क्रांतिकारी पहरा देने लगे। अंग्रेजों के दफ्तर, होटल, क्लब आदि फूंक दिए गए। कुछ अंग्रेजों ने अपने बावर्चियों से प्राणों की भीख मांगी। कई अंग्रेज़ अस्तबलों में जा छिपे, कुछ अस्पतालों और नालियों में छिप गए और कुछों ने अपने हिन्दुस्तानी नौकरों के घरों में पनाह ली। कमिश्नर ग्रेथिड की कोठी

धूं-धूं करके जल रही थी। वह अपने बावर्ची के कारण जीवित बच गया। भयंकर गुंडे कैदियों ने लूटमार भी की। देशी सैनिकों ने अपना मोर्चा अंग्रेज़ कॉलोनी की ओर कर लिया है। यह सुनकर ब्रिगेडियर विलसन डर गया। वह समझ गया कि अंग्रेज़ सैनिक इस बगावत का सामना नहीं कर सकते। दिल्ली से मदद मांगने के लिए वह तारघर दौड़ा, परन्तु तारघर का संपर्क, क्रांतिकारियों ने पहले ही तोड़ दिया था। आगरा से संपर्क बनाने की कोशिश भी नाकामयाब रही।

देशी सैनिकों की पलटन लगातार हमला कर रही थी। शाम होने तक लगभग 100 अंग्रेज़ों को मौत के घाट उतार दिया गया। मेरठ में कामयाबी से खुश होकर देशी सैनिकों ने अपना मोर्चा दक्षिण की ओर किया, क्योंकि वे पहले ही दिल्ली सूचना पहुंचा चुके थे कि 11 मई को दिल्ली में होंगे। दो हज़ार देशी सैनिकों ने 10 तारीख की रात्रि को ही '**दिल्ली चलो**' के नारे के साथ, दिल्ली की ओर कूच किया...

विक्टोरिया पार्क जेल तोड़कर छुड़ाए गए सैनिक

(1) हवलदार मातादीन
(2) शेख पीर अली (नायक)
(3) अमीर कुदरतअली (नायक)
(4) शेख हुसैनुद्दीन (नायक)
(5) शेख रुर मौहम्मद (नायक)
(6) शीतल सिंह
(7) जहांगीर खान
(8) मीर मौसिम अली
(9) अली नूरी खान
(10) मीर हुसैन बख्श
(11) मथुरा सिंह
(12) नारायण सिंह
(13) लालसिंह
(14) श्योदान सिंह
(15) शेख हुसैन बख्श
(16) साहिब दाद खान
(17) बिशन सिंह
(18) बलदेव सिंह
(19) शेख नुन्दू
(20) नवाब खान
(21) शेख रमजान अली
(22) अली मौहम्मद खान
(23) मक्खन सिंह
(24) दुर्गा सिंह (प्रथम)
(25) नसरुल्ला खान
(26) मेहराबखान
(27) दुर्गा सिंह (द्वितीय)
(28) नबी बख्श खान
(29) जुरबान सिंह
(30) भुदगू खान
(31) जुरबान सिंह (द्वितीय)
(32) अब्दुल्ला खान
(33) ईरान खान (प्रथम)
(34) जबरदस्त खान
(35) मुर्तजा खान
(36) मंजूर खान
(37) अजीमुल्ला खान (प्रथम)
(38) अजीमुल्ला खान (द्वितीय)
(39) काला खान
(40) शेख सादुल्ला

(41) सालार बख्श खान
(42) शेख रफ्त अली
(43) द्वारिका सिंह
(44) कालका सिंह
(45) रघुवीर सिंह
(46) बलदेव सिंह
(47) दर्शन सिंह
(48) इमदाद हुसैन
(49) पीर खान (प्रथम)
(50) मोती सिंह
(51) शेख फजुल इमाम
(52) हीरा सिंह
(53) सेवा सिंह
(54) मुराद पीर खान
(55) शेख आराम अली
(56) काशी सिंह
(57) अशरफ अली खान
(58) कादर दाद खान
(59) शेख रुस्तम
(60) भगवान सिंह
(61) मीर इमदाद अली
(62) शिव बख्श सिंह
(63) लक्ष्मण सिंह
(64) शेख इमाम बख्श
(65) उस्मान खान
(66) दरयाव सिंह
(67) मकसूल अली खान
(68) शेख ग्यास बख्श
(69) शेख उम्मेद अली
(70) अब्दुर्रहमान खान
(71) राम समाय सिंह
(72) पनाह अली खान
(73) लक्ष्मण दुबे
(74) राम सरन सिंह
(75) शेख ख्वाजा अली
(76) शिव सिंह
(77) शीतल सिंह
(78) मोहन सिंह
(79) विलायत अली खान
(80) शेख मौहम्मद खान
(81) इन्दर सिंह
(82) फतेह खान
(83) मैकू सिंह
(84) शेख कासिम अली
(85) रामचरण सिंह

दिल्ली क्रांति

मेरठ को मुक्त कराने के बाद, दो हज़ार सैनिकों ने 10 मई, 1857 की रात को ही दिल्ली की ओर कूच कर दिया। दिल्ली के क्रांतिकारियों को पहले ही सूचना पहुंचा दी गई थी कि 11 मई तक सैनिक दिल्ली पहुंच जाएंगे। दिल्ली के क्रांतिकारी, मेरठ के क्रांतिकारियों की अगवानी को तैयार थे, परन्तु अंग्रेज़ों को इसका आभास तक न था।

मेरठ और दिल्ली के बीच का 32 मील का सफर, आज़ादी के दीवानों ने पैदल चलकर पूरा किया और दूसरे दिन 11 मई को सुबह आठ बजे दिल्ली पहुंच गए। 'जय गंगा मैया' 'हर हर महादेव' 'या अली' और 'फिरंगियों को मारो' के नारों से दिल्ली गूंज उठी। दिल्लीवासी स्तब्ध हो गए। दिल्ली के जिन सैनिकों को क्रांतिकारियों के आने की अग्रिम सूचना थी, उन्होंने कश्मीरी गेट खोल दिया। दिल्ली में, यमुना नदी का पुल पार करते ही मेरठ के सैनिकों का सामना अंग्रेज़ अधिकारी टांड से हुआ, जिसे उन्होंने दिल्ली क्रांति में सबसे पहले मारा। क्रांतिकारी लालकिले के बाहर इकट्ठे होने लगे बहुत सारे क्रांतिकारी कश्मीरी गेट पर रुक गए और वे सशस्त्र विद्रोह के आदेश की प्रतीक्षा करने लगे।

लालकिले के बाहर शोर-गुल होने लगा। बादशाह बहादुरशाह लालकिले के परकोटे पर आ गया। 82 वर्षीय बूढ़े बादशाह का शरीर कांप रहा था, उसने किले के नीचे निगाह की। वहां अनेक सिपाही लश्करी पोशाक में थे। कुछ सैनिकों ने घरेलू पोशाक पहन रखी थी। बादशाह को देखकर सैनिकों ने नारा लगाया।

"**शहंशाह-ए-हिन्द जिंदाबाद**" नारे की आवाज़ से सारा आकाश गूंज उठा। बादशाह ने बायां हाथ माथे तक लाकर अभिवादन करके नारों को स्वीकार किया। घुड़सवारों का सरदार आगे बढ़ा, उसने बादशाह को सलाम किया और कहा, "जहांपनाह! अपने-अपने मजहबों की हिफाजत के लिए हम जंग लड़ना चाहते हैं। हम देश की आज़ादी चाहते हैं। हम फिरंगियों को

मुल्क से निकालना चाहते हैं। आप हमारी रहनुमाई करें।" देशी सिपाहियों का जोश देखकर बादशाह खुश हुआ, लेकिन उसे अपने बूढ़े जिस्म पर यकीन नहीं था। वह पशोपेश में पड़ गया। अब सिपाहियों को क्या जवाब दें?

कंपनी सरकार (अंग्रेज़ों) ने बादशाह की सुरक्षा के लिए लालकिले के अन्दर सैनिकों की एक टुकड़ी तैनात कर रखी थी, जिसका इन्चार्ज कैप्टन डगलस था। बादशाह ने कैप्टन डगलस को बुलाया और आदेश दिया : **"जाइए! किले के बाहर मौजूद सिपाहियों की अगवानी कीजिए तथा वे लोग क्या चाहते हैं, पूछताछ करके पता लगाएं?"**

डगलस लालकिले के बाहर आकर सिपाहियों को धमकाने लगा। मेरठ से दौड़ लगाकर आए सिपाहियों को डगलस का यह व्यवहार अच्छा नहीं लगा। उत्साही सिपाही लालकिले के विशाल दरवाज़े में घुस गए। उन्होंने किले के अन्दर रहने वाले अंग्रेज़ अधिकारी जोनिस, उसकी बीवी, लड़की, एक मेहमान औरत तथा कैप्टिन डगलस की हत्या कर दी।

अंग्रेज़ इतिहासकार चार्ल्स बाल के अनुसार, "मेरठ के क्रांतिकारी सैनिकों ने आकर बहादुरशाह ज़फर की जय के नारे बुलंद किए, सेना के भारतीय अफसरों ने बादशाह बहादुरशाह को सलाम किया और मेरठ का सारा हाल कह सुनाया। मेरठ का तोपखाना और पैदल सेना भी दिल्ली पहुंच गई। तोपखाने ने लालकिले में घुसते ही बहादुरशाह ज़फर को 21 तोपों की सलामी दी।

बहादुरशाह ज़फर ने मेरठ से आए क्रांतिकारी नेताओं, जिनमें हिन्दू-मुसलमान दोनों शामिल थे, से कहा, **"मेरे पास कोई खजाना नहीं है, मैं आपको तनख्वाहें कहां से दूंगा?"**

सिपाहियों ने उत्तर दिया, "हम लोग हिन्दुस्तान भर के अंग्रेज़ी खजाने को ला-लाकर आपके कदमों पर डाल देंगे।" मेरठ से आए एक सिपाही बुध सेन ने मेरठी भाषा में कहा, **"ऐ बुड्ढे तू हमारा बादशाह है! हम आज़ादी के लिए लड़ेंगे तू हमारी अगुवाई कर"**। अंग्रेज़ अपनी कूटनीति से तमाम देशी रियासतों में फूट के बीज बो चुके थे। देश को एक सूत्र में बांधने वाले ऐसे एक व्यक्ति की आवश्यकता थी, जो सभी वर्गों, जातियों और क्रांतिकारियों को स्वीकार्य हो और इसीलिए क्रांति के आयोजकों ने बहादुरशाह ज़फ़र के हरे झंडे के नीचे एक होकर स्वतंत्रता का युद्ध लड़ने का फैसला किया था। जैसे ही बहादुरशाह ज़फर

ने क्रांतिकारियों का नेतृत्व करना स्वीकार किया, लालकिला बादशाह की जय के नारे से गूंज उठा। मेरठ से आने वाले सैनिकों के झुंड के झुंड दिल्ली में आ रहे थे। दिल्ली की बिगड़ी हालत को देखकर ज्वाइंट मजिस्ट्रेट मेटकाफ डर गया। वह खुद को दिल्ली का बादशाह समझता था। बहादुरशाह जफ़र तो नाम का बादशाह था। अप्रत्यक्ष रूप से अंग्रेज़ ही दिल्ली पर राज कर रहे थे।

मेरठ की घटना की सूचना पिछली रात ही मेटकाफ को मिल गई थी। वह किसी भी हालत में, दिल्ली को मेरठ के क्रांतिकारी सैनिकों से बचाना चाहता था। वह बग्घी में बैठकर कलकत्ता गेट (वर्तमान दिल्ली गेट) पहुंचा, ताकि वह विद्रोही सिपाहियों को वहीं रोक सके। उसने वहां जाकर गेट को बंद कराया और हथियार बंद सिपाहियों का पहरा लगा दिया। विद्रोही सिपाहियों ने हथौड़ों से कलकत्ता गेट को तोड़ डाला। दिल्ली विजय का अभियान शुरू हो गया। दिल्ली में सैनिकों ने अंग्रेज़ों को मारना प्रारंभ किया। दरियागंज और कश्मीरी गेट स्थित अंग्रेज़ों की कोठियों को विद्रोहियों ने जलाकर राख कर दिया। जिस अंग्रेज़ ने जान बचाकर बाहर निकलना चाहा, वह वहीं मारा गया।

अंग्रेज़ परिवारों की रक्षा के लिए मेटकाफ ने कमिश्नर साइमन फ्रेजर से विचार-विमर्श किया। ज्वाइंट मजिस्ट्रेट की हैसियत से मेटकाफ ने पुलिस को आदेश दिया कि **"दिल्ली शहर में घुस आए इन चोर-उच्चकों को दिल्ली से बाहर कर दो।"** सभी सिपाही भारतीय थे। किसी ने भी मेटकाफ के आदेश को नहीं माना। वे अपनी जगह पर शांत खड़े रहे। मेटकाफ को विद्रोह का आभास हो गया। बागी सिपाही मारकाट शुरू कर चुके थे। इस खबर से घबराए हुए दिल्ली के सभी अंग्रेज़ अधिकारी कलकत्ता गेट पर इकट्ठा हुए। उन्होंने विद्रोही सैनिकों पर गोली बरसाना शुरू किया। यह देखकर दिल्ली निवासी क्रोधित हो गए। वे भी हथियार लेकर विद्रोही सैनिकों की सहायता के लिए कलकत्ता गेट पहुंचे। थोड़ी ही देर में यह दंगा कश्मीरी गेट तक पहुंच गया। जनता के इस विद्रोह पर काबू पाना अंग्रेज़ों के लिए मुश्किल था। मेटकाफ अपनी कचहरी में गया। वहां उसे कलकत्ता गेट की वारदात में कैप्टन डगलस और कमिश्नर साइमन फ्रेजर की हत्या की खबर मिली। दिल्ली के कमिश्नर की हत्या मुगल बेग नामक सैनिक ने की थी।

लालकिले के सामने कलेक्टर जानरॉस को हज़ारों लोगों ने पत्थरों से मार डाला। 'दिल्ली गजट' समाचार पत्र के कार्यालय को आग लगा दी गई। 'लंदन

बैंक' नामक दिल्ली के एक बैंक पर सैनिकों ने 12 मई को धावा बोला। बैंक के मैनेजर बैरिस फोर्ड की पत्नी ने चिढ़कर भीड़ पर बरछी से हमला किया। मैनेजर तथा उसकी पत्नी को जला दिया गया। दिल्ली के शस्त्रागारों पर विद्रोही हिन्दुस्तानी फौज ने अपना कब्जा कर लिया। अंग्रेज़ अधिकारियों को मार डाला गया। विरोध करने वाले अंग्रेज़ सैनिकों को भी विद्रोही सैनिकों ने तोपों से उड़ा दिया।

अंग्रेज़ अधिकारियों ने यमुना पुल पर बंदोबस्त बढ़ा दिया, परन्तु देशी सिपाहियों ने वहां के थाने को ध्वस्त कर दिया। बागी सिपाहियों के जत्थे मेरठ से लगातार आते रहे। इस वक्त दिल्ली में कोई गोरी फौज नहीं थी। 38, 54 व 74 नंबर की भारतीय फौजे थीं, 54 नंबर पलटन के अफ़सर कमांडेंट कर्नल रिप्ले ने अपने सैनिकों को एकत्र किया और मेरठ के बागी सैनिकों पर हमला करने का आदेश दिया। कर्नल रिप्ले उस समय हैरान रह गया जब दिल्ली के सैनिकों ने मेरठ के सैनिकों पर हमला करने के बजाय उन्हें गले से लगा लिया और उनका समवेत स्वर गूंजने लगा, "फिरंगियों का नाश हो!"

कर्नल रिप्ले ने जान बचाकर भागने की कोशिश की, लेकिन विद्रोही सैनिकों की गोलियों की बौछार ने उसका शरीर बेध दिया।

रिप्ले के साथ लेफ्टिनेंट एडवर्ड व्हीवर्ट भी था, जो सेना को लेकर आया था। व्हीवर्ट के फौजियों का नेतृत्व मेजर पैटरसन कर रहा था। उसे भी मार दिया गया। दिल्ली छावनी के मेन गार्ड 'गार्डन' को तथा इसके बाद 'स्मिथ', 'रेवेहल' जैसे अंग्रेज सेनाधिकारी मौत के घाट उतार दिए गए।

11 मई, 1857 को रोज की तरह सुबह 6 बजे से साढ़े आठ बजे तक कॉलिज खुला (अजमेरी गेट स्थित तत्कालीन देहली कॉलिज, वर्तमान डॉ. जाकिर हुसैन कॉलिज जो पहले अजमेरी गेट के पास स्थित था।) कॉलिज के प्रिंसिपल टेलर को मैगजीन (शस्त्रागार) के चपरासी ने, मैगजीन के अधिकारी का पत्र दिया, जिसमें लिखा था, "खतरा बढ़ रहा है आप अंग्रेज़, अध्यापकों के साथ मैगजीन के अन्दर आ जाएं।"

कॉलिज की छुट्टी कर दी गई। प्रिंसिपल एफ. टेलर अपने तीन अंग्रेज़ अध्यापकों के साथ मैगजीन में चला गया, लेकिन अगले दिन प्रिंसिपल टेलर को विद्रोहियों ने मार डाला। गवर्नर हाउस के पास ही मैगजीन था, जिसका गार्ड जार्ज विलोबी था। इस समय मैगजीन में नौ लाख कारतूस, दस हज़ार बन्दूकें

तथा अन्य विस्फोटक पदार्थ थे। विद्रोही क्रांतिकारियों का मुख्य उददेश्य था कि किसी भी तरह मैगजीन पर कब्जा करें। मैगजीन की हिफाजत के लिए उस समय एक भारतीय सैनिक सहित नौ अंग्रेज़ सैनिक ड्यूटी पर थे।

बादशाह बहादुरशाह ज़फ़र की ओर से, मैगजीन के प्रमुख गार्ड विलोबी को संदेश भेजा गया कि वह आत्मसमर्पण कर दे, लेकिन उसने संदेश का कोई उत्तर नहीं दिया। मैगजीन का दरवाज़ा खुलते न देख, क्रांतिकारियों का खून खौल उठा उन्होंने दरवाजा तोड़ने की कोशिश की तभी प्रमुख गार्ड विलोबी ने अपने सहायक स्केली से सलाह की और उन दोनों ने विषम स्थिति को ध्यान में रखते हुए यह फैसला किया कि मैगजीन को खुद ही आग लगा दी जाए, ताकि युद्ध की विपुल सामग्री विद्रोहियों के हाथ न लग सके।

विलोबी तथा स्केली ने खुद शस्त्रागार को आग लगा दी। शस्त्रागार में मौजूद सभी व्यक्ति मारे गए। यह भयंकर विस्फोट था, जिससे दिल्ली की सारी जनता भयभीत हो गई। विद्रोहियों को भी बहुत नुकसान हुआ। करीब दो हज़ार व्यक्ति मारे गए। उस समय के दिल्ली से प्रकाशित अखबार 'देहली उर्दू अखबार' के संपादक जहीर देहलवी ने 'दास्ताने गदर' के शीर्षक से जो ख़बर अखबार में छापी थी, वह इस प्रकार थी :

"अचानक एक बहुत बड़ा भूकंप आया और यह इतना भयंकर था कि मैं समझा कि हजरत इसराफील ने कयामत के लिए नरसिंघा फूंक दिया है... मैगजीन उड़ गया। आकाश तक अंधकार छा गया। उसमें दीवार के बड़े-बड़े पत्थर, परिन्दों और दरख्तों के पत्तों की तरह उड़ते हुए दिखाई पड़े।"

16 मई, 1857 तक दिल्ली में बुरी तरह मार-काट मची रही। अंग्रेज़ जान बचाने के लिए इधर-उधर भागते रहे। अंग्रेजों ने कश्मीरी गेट के पास मेन गार्ड भवन में शरण ली, परन्तु मैगजीन (शस्त्रागार) के उड़ जाने के कारण वे भयभीत थे। विवश होकर वे 30 फुट गहरी खाई में उतरकर छिप गए। कुछ अंग्रेज़ साधु और फकीरों का वेश धारण करके, कुछ सहृदय भारतीयों के घरों में छिप गए। अब दिल्ली पर विद्रोहियों का कब्जा था। दिल्ली विजय की ख़बर पूरे देश में फैल गई। चारों ओर प्रसन्नता की लहर दौड़ गई। क्रांतिकारियों ने लालकिले से यूनियन जैक उतार दिया। 16 मई, 1857 को बहादुरशाह ज़फर की शाही सवारी निकली। फौजी बाजे और सैनिकों के बीच मुगल बादशाह हाथी पर सवार

होकर दिल्ली की सड़कों पर विजेता की भांति निकले। आज ही उन्हें दिल्ली के तख्त पर दुबारा बिठाया गया। लालकिले पर बहादुरशाह ज़फर का हरा और सुनहरा झंडा फिर से फहराने लगा।

बहादुरशाह ज़फ़र का झंडा ही उस समय भारत के समस्त क्रांतिकारियों का झंडा था, क्योंकि नाना साहब और क्रांति के दूसरे नेताओं ने बहादुरशाह ज़फ़र के नाम पर ही सारे भारत के नरेशों, सैनिकों और प्रजा का, अंग्रेजों के विरुद्ध युद्ध के लिए आह्वान किया था। दिल्ली शहर के प्रशासन को मजबूर करने के लिए बहादुरशाह ज़फ़र ने काजी मुहम्मद फैजुल्ला और अब्दुल हकीम को शहर का कोतवाल और न्याय विभाग का नायब काजी नियुक्त किया। मिर्जा मुहम्मद जवाबख्त को हुकूमत का वजीर नियुक्त किया। पर देश का दुर्भाग्य देखिए, देश के गद्दारों और अंग्रेजों के समर्थकों के कारण दिल्ली केवल 132 दिन ही आज़ाद रही...

दिल के फफोले जल उठे,
सीने के दाग से।
इस घर को आग लग गई,
घर के चिराग से।

बहादुरशाह ज़फ़र की अपील

11 मई, 1857 को क्रांतिकारियों ने दिल्ली में बहादुरशाह ज़फ़र को हिन्दुस्तान का बादशाह बनाया। बहादुरशाह ज़फ़र भले ही नाममात्र के बादशाह थे, तथापि दिल्ली के तख्त पर बैठे होने के कारण विद्रोहियों ने उन्हें अपना नेता स्वीकार करके स्वतंत्रता का संग्राम उन्हीं के नेतृत्व में लड़ने का निर्णय लिया। बहादुरशाह एक कमजोर शासक था, तथापि अंग्रेजों के दमन और अत्याचार के विरुद्ध विद्रोहियों का नेतत्व उन्होंने सहर्ष स्वीकार कर लिया। दिल्ली में आम नागरिकों को अंग्रेज़ों के खिलाफ जमकर लोहा लेने की प्रेरणा देने के लिए बादशाह ने 25 अगस्त सन् 1857 को एक अपील जारी की थी, जो एक इश्तिहार के रूप में थीः

"फिरंगियों के गुनाहों का प्याला अब लबरेज हो चुका है"

हिन्दुस्तान के हिन्दू और मुसलमान भाइयो...उठो।

खुदा ने जितनी बरकतें इंसान को अता की हैं उनमें सबसे कीमती बरकत आज़ादी है। क्या वह जालिम फिरंगी जिसने धोखा देकर हमसे यह बरकत छीन ली है, हमेशा के लिए हमें उससे महरूम रख सकेगा? क्या खुदा की मर्जी के खिलाफ इस तरह का काम हमेशा जारी रह सकता है? नहीं, कभी नहीं।

फिरंगियों ने इतने जुल्म किए हैं कि उनके गुनाहों का प्याला अब लबरेज हो चुका है। यहां तक कि अब हमारे पाक मजहब को खत्म करने की नापाक ख्वाहिश भी उनमें पैदा हो गई है। क्या तुम अब भी खामोश बैठे रहोगे? खुदा यह नहीं चाहता कि तुम खामोश रहो, क्योंकि खुदा ने हिन्दू-मुसलमानों के दिलों में उन्हें अपने मुल्क से बाहर निकालने की ख्वाहिश पैदा कर दी है।

खुदा के फजल और तुम लोगों की बहादुरी से जल्दी ही अंग्रेज़ों को इतनी कामिल शिकस्त मिलेगी कि हमारे इस मुल्क हिन्दुस्तान में उनका जरा भी निशान न रह जाएगा। हमारी फौज में छोटे और बड़े की तमीज भुला दी जाएगी और सबके साथ बराबरी का बरताव किया जाएगा, क्योंकि इस पाक

जंग में अपने मजहब की हिफाजत के लिए जितने लोग तलवार खींचेंगे, वे सब बराबर नाम के भागी होंगे। वे सब भाई हैं, उनमें छोटे-बड़े का कोई भेद नहीं। इसलिए मैं फिर अपने तमाम हिन्दू भाइयों से कहता हूं-उठो और ईश्वर के बताए इस बड़े काम को पूरा करने के लिए मैदान-ए-जंग में कूद पड़ो।

...कई हिन्दू और मुसलमान सरदार जिन्होंने अपने मजहब की हिफाजत के लिए अपने मकानों को छोड़ दिया था और जो भारत में अंग्रेजी हुकूमत को उखाड़ फेंकने के लिए भरसक कोशिश कर रहे हैं, मेरे पास आए और जेहाद चलाने में हिस्सा ले रहे हैं। यह तय ही है कि मुझे आने वाले वक्त में जल्द ही पश्चिम से मदद मिलेगी, इसलिए आम जनता की जानकारी के लिए यह इश्तिहार, जिसमें कई धाराएं हैं, जारी किया जाता है। यह सभी का फर्ज है कि वे इस पर ऐहतियात के साथ सोचें और इसे मानें। जो दल इस काम में शरीक होना चाहते हैं, लेकिन उनके पास कोई साधन नहीं है, उन्हें रोजाना मुझसे तनख्वाह मिलेगी। सभी इस बात को जान लें कि हिन्दुओं और मुसलमानों की पुरानी किताबें, दिव्यशक्ति वाले लोगों की लिखी चीजें और ज्योतिषियों और पंडितों का गणित सभी इस बात की ताईद करते हैं कि अंग्रेज़ों के पैर भारत या कहीं और भी नहीं जमने पाएंगे। इसलिए सभी को यह उम्मीद छोड़ देनी चाहिए कि ब्रिटिश हुकूमत जारी रहेगी। मेरा साथ दीजिए और आम लोगों की भलाई में काम करके बादशाह का यकीनी बनिए...।

यह जाहिर है कि ब्रिटिश सरकार ने ज़मींदारियां कायम करके बढ़े हुए 'जमा' लगाए हैं और बकाया मालगुजारी की वसूली के लिए रियासतों की आम नीलामी करके कई ज़मींदारों को बेइज्जत और बरबाद कर दिया है। यहां तक कि किसी नौकरानी या गुलाम द्वारा दाखिल मुकदमे में ज़मींदारों को अदालत में लाया जाता है और फिर गिरफ्तार कर बेइज्जत किया जाता है। तरह-तरह के टैक्स लगाए जाते हैं। बादशाही हुकूमत में इस तरह की जबरन वसूली या लूट न होगी, बल्कि दूसरी ओर 'जमा' काबिलेइज्जत होंगे। ज़मींदारों का मान और उनकी इज्जत बनी रहेगी और हर ज़मींदार का अपनी-अपनी ज़मींदारी में अपना शासन होगा। शरह और शास्त्रों का सरकारी तौर पर फैसला किया जाएगा और जो ज़मींदार मौजूदा लड़ाई में जन, बल और माली मदद करेंगे उनकी आधी मालगुजारी हमेशा के लिए माफ कर दी जाएगी। ऐसे ज़मींदार जो सिर्फ पैसे की

ही मदद देंगे उनकी एक चौथाई मालगुजारी हमेशा के लिए माफ कर दी जाएगी और यदि कोई ज़मींदार, जिसकी ज़मीन अंग्रेज़ी हुकूमत के वक्त गैरकानूनी तरीके से छीन ली गई है, खुद लड़ाई में शामिल होता है, तो उसकी ज़मींदारी उसे वापस कर दी जाएगी और एक-चौथाई मालगुजारी भी माफ़ कर दी जाएगी।

जाहिर है कि नास्तिक और धोखेबाज ब्रिटिश हुकूमत ने सभी बढ़िया और बेशकीमती चीजें, जैसे नील, कपड़ा और जहाज़ों से भेजी गई दूसरी चीज़ों की तिजारत पर अपना पूरा अधिकार जमा लिया है और सिर्फ मामूली चीजों का व्यापार लोगों के लिए छोड़ दिया है। बादशाही हुकूमत में हर सौदागर का काम होगा कि वह लड़ाई में शामिल हो और बादशाही हुकूमत को अपनी हैसियत को नजर में रखते हुए खुफिया तौर पर या खुले तरीके से लोगों, ताकत और पैसे से मदद पहुंचाए और ब्रिटिश हुकूमत से अपना नाता तोड़ दे। ऐसे सभी हिन्दुस्तानी, चाहे वे हिन्दू हों या मुसलमान, जो अंग्रेज़ों से लड़ाई करते समय अपनी जान देंगे, शर्तिया वहिश्त को जाएंगे। इसलिए ब्रिटिश सेना में काम करने वाले सभी भारतीयों को अपने धर्म और भलाई के लिए पूरी तरह फिक्रमंद होना चाहिए, अब अंग्रेज़ों के लिए अपनी वफादारी तोड़कर बादशाही हुकूमत का साथ देना चाहिए। यह जाहिर है कि अंग्रेजों ने भारत में विदेशी चीजों की मशहूरी करके यहां के बुनकरों, रुई धुनकारों, बढ़इयों, लोहारों मोचियों आदि का काम-धंधा चौपट कर दिया है और उनकी रोजी छीन ली है, जिस वजह से ये सभी गरीबी और तबाही के शिकार हो चुके हैं। लेकिन बादशाही हुकूमत में इन लोगों को बादशाही, राजाओं और रईसों के यहां काम मिलेगा और जरूर फिर से बेहतर जिंदगी बिताएंगे। इसलिए इन लोगों को चाहिए कि अंग्रेज़ों की नौकरियां छोड़कर विद्रोहियों को लड़ाई में मदद दें और इस तरह अमन-चैन की ज़िंदगी हासिल करें। पंडित और फकीर हिन्दू और मुसलमान की हिफाजत करने वाले हैं और चूंकि यूरोप के लोग दोनों मजहबों के दुश्मन हैं और मजहब की वजह से ही मौजूदा लड़ाई लड़ी जा रही है, इसलिए पंडितों और फकीरों को चाहिए कि वे मेरे पास आएं और जेहाद में अपनी मदद दें। अगर वे ऐसा नहीं करते तो उन्हें शरह और शास्त्रों के मुताबिक कसूरवार ठहराया जाएगा। अगर वे आते हैं, तो उन्हें बादशाही हुकूमत पूरी तरह लागू होने के बाद लगान से छूट वाली ज़मीन दी जाएगी। आखिर में सभी यह जान लें कि इश्तिहार के जारी हो जाने के बाद

जो कोई ब्रिटिश हुकूमत का अलंबरदार बना रहेगा, उसकी जायदाद जब्त कर ली जाएगी। जायदाद लूट ली जाएगी और उसे परिवार के साथ जेल में बंद कर दिया जाएगा। इस तरह उसे आख़िर में अपनी जान से हाथ धोना पड़ेगा।

क्रांति का विस्तार

क्रांतिकारियों द्वारा दिल्ली विजय के समय, पूरे भारत में अंग्रेजों के 142 इन्फैंट्री 27 कैवलरी और 19 आर्टीलरी सेना दल थे। 288 सैनिक टुकड़ियों में 2,30,000 देशी तथा 45,322 अंग्रेज़ सैनिक थे।

इतनी बड़ी सेना होने के बावजूद भी अंग्रेजों के पांव भारत से उखड़ने लगे, क्योंकि उन्हें आभास हो गया था कि देशी सैनिकों पर विश्वास नहीं किया जा सकता, मेरठ और दिल्ली की घटनाओं की पुनरावृत्ति पूरे देश में कभी भी और कहीं भी हो सकती है! बंगाल के पश्चिमी क्षेत्र से लेकर पंजाब तक सरकार डर गई।

अंग्रेज़ इंग्लैंड लौटने की तैयारी करने लगे। ईस्ट इंडिया कंपनी के कलकत्ता स्थित मुख्यालय में सन्नाटा छा गया।

11 मई से 31 मई तक सारे उत्तर भारत में जगह-जगह पर क्रांति की लपटें प्रकट होने लगीं। कंपनी की 9 नंबर की पलटन अलीगढ़, मैनपुरी, इटावा और बुलंदशहर में बंटी हुई थी। क्रांति का एक प्रचारक जो जाति से ब्राह्मण था, उसे अंग्रेज़ समर्थक सैनिकों ने बुलंदशहर में प्रचार करते हुए पकड़वा दिया।

उस ब्राह्मण को सजा के तौर पर फांसी देने के लिए अलीगढ़ लाया गया, जहां 9 नंबर की पलटन का मुख्यालय था। 20 मई, 1857 को उस ब्राह्मण को भारतीय सैनिकों के सामने फांसी पर लटका दिया। अंग्रेज़ों की इस क्रूर हरकत को देखकर पलटन के बाकी सैनिकों को बहुत क्रोध आया। एक सिपाही ने तो उत्तेजित होकर तलवार निकाल ली और उस ब्राह्मण के फांसी पर लटके शरीर की ओर इशारा करके कहने लगा, **"भाइयो! यह शहीद हमारे लिए खून से नहा रहा है और हम लोग तमाशा देख रहे हैं!"**

सैनिक की ललकार सुनकर, सभी सैनिक उत्तेजित हो गए, उन्होंने विद्रोह का नारा बुलंद किया, उन्होंने अंग्रेज़ ऑफिसरों को तुरन्त अलीगढ़ छोड़कर जाने को

कहा, और चेतावनी दी कि ऐसा न करने पर उन्हें जान से हाथ धोना पड़ेगा। जल्दी ही अंग्रेजों ने अलीगढ़ छोड़ दिया। अलीगढ़ में हरा झंडा लहराने लगा।

इसके बाद मैनपुरी, इटावा, नसीराबाद, शाहजहांपुर, मुरादाबाद, बदायूं, आजमगढ़, गोरखपुर, बरेली आदि सभी जगह पर क्रांति भड़क उठी।

दिल्ली से दूसरी जगह के क्रांतिकारियों को पैगाम भेजे जा रहे थे। जिसमें दिल्ली के बादशाह बहादुरशाह ज़फ़र के हाथ मजबूत करने की प्रार्थना थी।

ऐसा ही एक पैगाम रुहेलखंड 8 नंबर छावनी के स्थित देशी सवार सैनिकों और 68 नंबर पैदल पलटनों के नाम था :

"दिल्ली के सेनापति की ओर से बरेली और मुरादाबाद की पलटनों के सेनापतियों को सलाम। भाइयों दिल्ली में अंग्रेजों के साथ जंग हो रही है। खुदा के फजल से हमने अंग्रेजों को जो पहली शिकस्त दी है, उससे वे इतना घबरा गए हैं, जितना किसी दूसरे मौके पर दस शिकस्तों से भी नहीं घबराते। बेशुमार हिन्दुस्तानी बहादुर दिल्ली में आ-आकर जमा हो रहे हैं। ऐसे मौके पर अगर आप वहां खाना खा रहे हैं, तो हाथ यहां आकर धोइए। शाहों का बादशाह, जहांपनाह, हमारा दिल्ली का शहंशाह आपका इस्तकबाल करेगा और आपकी खिदमत को सिला देगा। हमारे कान इस तरह से आप लोगों की तरफ लगे हुए हैं, जिस तरह रोजेदारों के कान अजान देने वाले की पुकार की ओर लगे रहते हैं। हम आपकी तोपों की आवाज़ सुनने को बेचैन हैं। आपके दीदार की प्यासी हमारी आंखें उसी तरह सड़क पर लगी हैं, जिस तरह कासिद के लिए आंखें लगी रहती हैं। आइए, आपका फर्ज है कि फौरन आइए। हमारा घर आपका घर है। भाइयो, आइए बिना आपकी आमद के, बहार के गुलाब में फूल नहीं आ सकते। बिना बारिश के कली न खिल सकती। बिना दूध के बच्चा नहीं जी सकता।"

क्रांति की तय तारीख, 31 मई, 1857 को सवेरे ग्यारह बजे पूरे देश में तोप गरजी। यह पूरे देश में क्रांति का ऐलान था।

कानपुर : गंगा तट की क्रांति

सन् 1775 ई. में अंग्रेज़ों ने अवध के नवाब पर निगाह रखने के लिए कानपुर को सैनिक केन्द्र बनाया था। 1857 की क्रांति से पहले कानपुर पर अंग्रेज़ों का पूर्ण अधिकार था। क्रांति के समय कानपुर में 53 व 56 नंबर की पैदल फौज तथा घुड़सवारों की एक टुकड़ी थी। साठ अंग्रेज़ गोलंदाज थे। पैदल तथा घुड़सवारों में अंग्रेज़ों की संख्या सड़सठ थी। तीन हज़ार हिन्दुस्तानी सैनिक तथा तीन सौ अंग्रेज़ सैनिक थे। 74 वर्षीय ह्यूज व्हीलर अंग्रेज़, सेना का मुख्य सेनापति था।

ह्यूज व्हीलर पिछले 54 वर्ष से भारतीय सेना की सेवा में था। वह भारतीय सैनिकों के मनोविज्ञान से भी भलीभांति परिचित था। कानपुर छावनी के भारतीय सैनिकों को मेरठ, दिल्ली तथा अन्य स्थानों की क्रांति की सूचना 15 मई, 1857 को मिल गई थी।

ह्यूज व्हीलर भी मेरठ तथा दिल्ली की क्रांति से अवगत था। दूरदर्शी व्हीलर कानपुर में अंग्रेज़ों की सुरक्षा का प्रबन्ध करने लगा। भावी संकट को ध्यान में रखकर उसने लखनऊ में रह रहे सर हेनरी लारेंस से सैनिक सहायता मांगी, उसे वहां से कुछ अंग्रेज़ सिपाही, तोपखाना और घुड़सवारों का एक जत्था मिल गया। इसके बाद उसकी स्वीकृति में रेजिडेंट मजिस्ट्रेट सी. जी. हिलर्सडन ने नाना साहब से भी इस संकट की घड़ी में सहायता की प्रार्थना की। बिठूर के नाना साहब ने भी अपनी विश्वसनीयता और मधुर संबंधों को प्रमाणित करने के लिए 22 मई, 1857 को, अंग्रेज़ मजिस्ट्रेट सी. जी. हिलर्सडन की सहायता की प्रार्थना पर, दो तोपों, 300 निजी सैनिकों, कुछ पैदल व घुड़सवारों के साथ कानपुर में प्रवेश किया। सेनापति व्हीलर, नाना साहब को सरकारी खजाने, बारूदखाने और शस्त्रागार की सुरक्षा सौंपकर निश्चिंत हो गया। नाना साहब ने इसके पहरे पर दो सौ सिपाहियों की एक टुकड़ी को तैनात कर दिया।

अंग्रेजों की प्रार्थना पर नाना साहब ने अंग्रेज़ स्त्रियों और बच्चों को सुरक्षा की दृष्टि से बिठूर के राजमहल में भी भेज दिया। अंग्रेज़ काफी भयभीत थे, क्योंकि मेरठ और दिल्ली की क्रांति की उन्हें पूरी खबर थी। अंग्रेज़ हर वर्ष 25 मई को महारानी विक्टोरिया का जन्म दिन तोपों की सलामी देकर मनाते थे। परन्तु इस वर्ष इस परंपरा को इसलिए नहीं निभाया कि कहीं इसी कारण भारतीय सेना में विद्रोह की चिंगारी न भड़क उठे। कानपुर शहर में क्रांति को लेकर नाना साहब और उनके अन्य साथियों की तरह नगर की जनता भी मौन साधे थे।

इस बीच नाना साहब और उनके विश्वस्त मित्र ज्वाला प्रसाद एवं मोहम्मद अली की, देशी सेना के दो मुख्य सैनिकों सूबेदार टीका सिंह व सूबेदार शम्सुद्दीन से गुप्त मन्त्रणाएं चलती रही। 4 जून, 1857 की आधी रात में, बन्दूक के तीन धमाकों से क्रांति का सूत्रपात हुआ। बन्दूक की आवाज़ सुनकर भारतीय सैनिक क्रांति में कद पडे। उन्होंने अंग्रेजों का सफाया आरंभ कर दिया। अंग्रेज़ों की कोठियों को आग लगा दी और स्वाधीनता का हरा झंडा लहराते हुए नवाबगंज पहुंचे, जहां नाना साहब का शिविर लगा हुआ था। पहरेदारों ने शस्त्रागार व खजाने के द्वार खोल दिए। कानपुर में, सुबह 5 जून को देशी सेना व नागरिकों ने मिलकर नाना साहब को दिल्ली के बादशाह बहादुरशाह जफ़र के प्रतिनिधि के रूप में प्रशासक घोषित किया।

6 जून को, प्रशासक नाना साहब ने सर ह्यूज व्हीलर को आदेश दिया कि वह किला उन्हें सौंप दें, वरना शाम तक उस पर आक्रमण करके उस पर कब्जा कर लिया जाएगा। व्हीलर ने आदेश मानने से इनकार कर दिया। 21 दिन की लड़ाई के बाद किला क्रांतिकारियों के कब्जे में आया। संघर्ष 25 जून, 1857 को थमा, जब सेनाध्यक्ष सर ह्यूम व्लीहर ने निराश होकर शांति का झंडा फहराया।

दोनों पक्षों में समझौता हुआ, जिसके अनुसार, "अंग्रेज़ अपनी सारी युद्ध सामग्री व खजाना नाना साहब को सौंपकर कानपुर छोड़ देंगे।" इसके विनिमय में नाना साहब ने सभी अंग्रेज़ों को सुरक्षित इलाहाबाद पहुंचाने का आश्वासन दिया।

अपने वायदे के अनुसार नाना साहब ने अंग्रेजों को सतीचौरा घाट से 40 नावों में बैठाकर, 26 जून की रात्रि को ही प्रयाग के लिए रवाना कर दिया, परन्तु ये नावें इलाहाबाद तक नहीं पहुंची, क्योंकि ज्योंही क्रांतिकारियों को यह ज्ञात हुआ कि अंग्रेज़ इलाहाबाद भाग रहे हैं, तो उन्होंने तोपों के गोले तथा बन्दूकों

की बौछारों से अंग्रेजों को गंगा में ही घेर लिया और उन्हें मार डाला। वस्तुतः इलाहाबाद और बनारस में कर्नल नील ने भारतीयों का हृदय विदारक अमानुषिक नरसंहार कराया था। तीव्र प्रतिक्रिया के रूप में यह सतीचौरा कांड हुआ। जनता और क्रांतिकारी अपने क्रोध से भरे आवेग को नहीं रोक पाए थे। जब इस घटना की सूचना नाना साहब को मिली तो उन्होंने तुरन्त आदेश दिया, **"अंग्रेज़ों को भले ही मारें, परन्तु गोरी औरतों व बच्चों को हाथ न लगाया जाए।"**

गंगा का पानी गोरों के खून से लाल हो गया। यह घटना 27 जून, 1857 की है। कुछ अंग्रेज़ जान बचाकर सूरजपुर पहुंचे। विद्रोही क्रांतिकारियों ने उनका पीछा किया। गोरे जंगल में घुस गए। उनमें सिर्फ चार अंग्रेज़ पैदल इलाहाबाद पहुंच पाए बाकी अंग्रेजों ने रास्ते में ही दम तोड़ दिया। नाना साहब के आदेश से लगभग सौ अंग्रेज़ महिलाएं तथा बच्चे बच गए। नाना साहब के आदेश पर उनको 'सावदा हाउस' भवन में शरण मिली। कुछ महिलाओं को 'बीबी घर' में शरण मिली।

29 जून को नाना साहब बिठूर के लिए निकल पड़े। 1 जुलाई, 1857 को नाना साहब का बिठूर में राज्याभिषेक हुआ। उन्होंने अपने पिता की गद्दी को ग्रहण किया।

झांसी में क्रांति

लार्ड डलहौजी ने अपनी 'राज्य हड़प' नीति के अंतर्गत झांसी के राज्य को सन् 1854 में यहां के शासक गंगाधर राव की मृत्यु के पश्चात्, अंग्रेज़ी राज में शामिल करने की घोषणा कर दी।

उनके दत्तक पुत्र दामोदर राव को उनके राज्य का वारिस मानने से इन्कार कर दिया। लार्ड डलहौजी ने न केवल झांसी राज्य को ही अंग्रेज़ी राज्य में मिला लिया वरन राजकोष की बड़ी रकम और हीरे जवाहरात भी यह कह जब्त कर लिए कि जब दामोदर राव बालिग हो जाएगा, तो उसे यह सम्पत्ति लौटा दी जाएगी। डलहौजी ने इस सारी लूट और राज्य अपहरण के बदले में विधवा रानी लक्ष्मीबाई को पांच हजार रु. मासिक की पेंशन देने की पेशकश की, जिसे रानी लक्ष्मीबाई ने अस्वीकार कर दिया।

रानी अत्यंत क्रोधित हो गई तथा झांसी राज्य की जनता में भी असंतोष फैल गया।

कानपुर की भांति, झांसी में भी योजना के अनुरूप 4 जून, 1857 को क्रांति का प्रारंभ हुआ। उस समय झांसी में 12 नम्बर की देशी पलटन, 14 नंबर की घुड़सवार सेना तथा कुछ तोपची थे। अंग्रेज़ी सेना का प्रमुख-कप्तान डनलप था।

देशी पलटन के हवलदार गुरु बख्श सिंह ने मैगजीन तथा खजाने को संभाला तथा रानी लक्ष्मीबाई ने स्वयं सशस्त्र क्रांति का नेतृत्व किया। क्रांतिकारी देशी सैनिक सफल हुए, अंत में अंग्रेज़ों ने समर्पण कर दिया

और 8 जून को झांसी आज़ाद हो गई। 7 जून को रिसालदार कालेखान और तहसीलदार मुहम्मद हुसैन ने किले पर हरा झंडा फहराया। क्रांतिकारियों ने रानी लक्ष्मीबाई को झांसी के राजसिंहासन पर प्रतिष्ठित किया। सारे राज्य में उनके नाम की डोंडी गूंज उठी :

"खल्क खुदा का,
मुल्क बादशाह का
हुकुम रानी लक्ष्मीबाई का!"

अवध में क्रांति

अवध क्षेत्र के नवाब के साथ, अंग्रेजों ने बड़ी कूटनीति से काम लिया। शुरू में अवध के नवाब को अंग्रेजों ने सलाह दी कि सल्तनत की रक्षा के लिए वह कंपनी (ईस्ट इंडिया कंपनी) की सेना रखे। सन् 1801 में कंपनी ने अवध के नवाब के साथ एक संधि की, जिसमें अंग्रेज़ों ने वायदा किया कि पीढ़ी-दर-पीढ़ी नवाब के परिवार का शासन रहेगा। अंग्रेज़ कभी किसी तरह का दखल नहीं देंगे। परन्तु बाहरी आक्रमण या भीतरी बगावत के समय अंग्रेज़ रक्षा करेंगे। इसी संधि की आड़ में अंग्रेज़ों ने अवध के नवाब से करोड़ों रु., कभी कर्ज और कभी मदद के नाम पर वसूले तथा एक अंग्रेज़ रेजिडेंट लखनऊ के दरबार में रहने लगा। सन् 1847 में नवाब वाजिद अली शाह तख्त पर बैठा। उसने अवध के शासन में कई सुधार किए। अंग्रेज़ उसके शासन में सुधार की नीति से भयभीत हो गए। उन्होंने वाजिद अली शाह के चरित्र पर लांछन लगाने आरंभ कर दिए और उसे कमजोर प्रशासक सिद्ध करने में लग गए। लार्ड डलहौजी की आज्ञा से लखनऊ का रेजीडेंट आउटरम, वाजिद अली शाह से महल में मिला। उसने एक कागज़ पर उससे दस्तखत कराने की कोशिश की। जिस पर लिखा था, "मैं वाजिद अली शाह खुशी से अपनी सल्तनत कंपनी को देने के लिए राजी हूं।"

7 फरवरी, सन् 1856 को वाजिद अली शाह ने दस्तखत करने से इन्कार कर दिया, तो कंपनी (अंग्रेज) की सेना ज़बर्दस्ती लखनऊ में घुस आई। उसने लखनऊ में लूट-मार की और वाजिद अली शाह को भी गिरफ्तार करके कलकत्ता भेज दिया। इसके अलावा अवध के असंख्य ज़मींदारों और ताल्लुकेदारों की पैतृक ज़मीदारियां भी बिना किसी कारण छीन ली। इससे जनता में रोष फैल गया। 14 मई को दिल्ली की स्वाधीनता की खबर लखनऊ आई। योजना अनुसार 30 जून की रात 9 बजे लखनऊ छावनी में एक तोप छूटी। यह क्रांति के आरंभ होने की घोषणा थी और 31 मई की सुबह अंग्रेज़ों और क्रांति सेना के

बीच युद्ध छिड़ गया। 31 मई की शाम तक लखनऊ पर क्रांतिकारियों का कब्जा हो गया। अवध के तमाम हिस्सों से ज़मींदार तथा राजाओं के सिपाही तथा जनता हज़ारों की तादाद में वाजिदअली शाह की बेगम हजरत महल के झंडे के नीचे इकट्ठे हो गए। बेगम हजरत महल के साथ सैकड़ों औरतें भी मर्दाने कपड़े पहनकर, हथियारों से लैस होकर अंग्रेजों से लड़ने लगी। इनमें वीरांगना उदा देवी पासी (दलित) का नाम उल्लेखनीय है। वह 10 नवम्बर को सिकन्दराबाद के युद्ध में शहीद हुई। 71 नंबर पलटन की सारी बंदूकें एक साथ गोलियों की बर्षा करने लगी। अंग्रेजों के आवास जला दिए गए। जहां कहीं जो भी गोरा मिला, उस का काम तमाम कर दिया। 71 नंबर पलटन के लेफ्टिनेंट ग्रांट को क्रांतिकारियों ने खाट के नीचे मारा, जो अपनी जान बचाने के लिए खाट के नीचे छिप गया था। ब्रिगेडियर हर्ड स्कोम को भी किसी देशी सैनिक ने गोली से भून दिया।

अवध का गवर्नर इस वक्त सर हेनरी लारेन्स था, जो हिन्दू तथा मुसलमानों में सांप्रदायिकता की आग फैलाने की भरसक कोशिश कर रहा था। क्रांति के नेता मौलवी अहमद शाह और ताल्लुकेदार मानसिंह, अवध की जनता से एकजुट होकर अंग्रेज़ों से संग्राम करने के लिए आग्रह कर रहे थे। ताल्लुकेदार मौलवी अहमद शाह को अंग्रेज़ों ने राजद्रोह के आरोप में गिरफ्तार कर लिया था। उन पर राजद्रोह का मुकदमा चलाया गया और सजा-ए-मौत की सजा सुनाई थी। अहमद शाह को क्रांति चाहने वाली देशी सेना कैसे फांसी पर चढ़ने देती? देशी सैनिकों ने क्रांति का बिगुल बजा दिया। कैद से अहमद शाह को, विद्रोही सैनिक बाहर निकाल लाए। अब मौलवी अहमद शाह क्रांति की मशाल थामे थे। अंग्रेजों की पराजय के बाद वाजिद अली शाह को पुनः नवाब मान लिया गया।

रुहेलखंड राज्य में क्रांति

रुहेलखंड की राजधानी बरेली थी। यहां बांसों का जंगल होने के कारण यह बांस बरेली के नाम से मशहूर थी। रुहेलखंड राज्य पर कभी रुहेले पठानों का राज था। सन् 1857 से पहले ही अंग्रेजों ने बरेली शहर की उपजाऊ तराई की ज़मीन और राम गंगा का तट देखकर बरेली शहर में अपना आधिपत्य स्थापित कर लिया था।

बरेली में अंग्रेजी सेना नहीं थी। बरेली में 8वीं हार्स केवेलरी भारतीय सेना की 18वीं तथा 68वीं रेजिमेंट व तोपखाने की एक टुकड़ी मौजूद थी, जिसका ब्रिगेड कमांडर सिवाल्ड था तथा जनरल रिचल्ड वहां का कमांडर था। दिल्ली पर क्रांतिकारियों के कब्जे तथा मेरठ में सैनिकों के विद्रोह की सूचना, 14 मई को बरेली पहुंच गई। अंग्रेज़ अफसरों ने अपने परिवारों को तुरन्त नैनीताल भेज दिया। रूहेलों के अंतिम वंशज (जिन्होंने बरेली पर राज किया था, पर अंग्रेज़ों ने बरेली ताकत से हथिया लिया था।) हाफिज रहमत खान बरेली शहर के न्यायाधीश थे, अंग्रेज़ों के कृपा पात्र थे, पर अन्दर ही अन्दर वे अंग्रेजी राज के विरुद्ध क्रांति की योजना बनाते रहे। जिसकी घोषणा 31 मई को पूरे हिन्दुस्तान में हो चुकी थी। मेरठ के बहुत सारे सैनिक बरेली पहुंच चुके थे। भीतर ही भीतर विद्रोह की तैयारी पूरी थी। 29 मई, 1857 को बरेली में अचानक विद्रोह की अफवाह फैली। पर सैनिकों ने अंग्रेज़ों को सुरक्षा का विश्वास दिलाने की दृष्टि से विद्रोह की खबर को दबा दिया। उद्धभट रुहेला योद्धा खान बहादुर खां भी क्रांतिकारियों से जा मिला। 29 मई को हार्स केलेवरी ने शाम को सचमुच थोडा विद्रोह कर दिया। फिर भी अंग्रेजों को भारतीय सेना की स्वामी भक्ति पर पूरा विश्वास था। दो दिन तक अंग्रेज़ अधिकारियों और भारतीय सैनिकों में सहज व्यवहार होता रहा।

31 मई, 1857 को सुबह सूरज निकलते ही कैप्टन ब्राउन लो की कोठी में आग लगा दी गई। रविवार होने कारण, अंग्रेज़ सुबह चर्च में प्रार्थना करने

चले गए। प्रातः 11 बजे 68वीं कंपनी के जवानों ने अंग्रेज़ी सेना पर हमला कर दिया। ब्रिगेडियर सिवाल्ड को मार डाला गया, कैप्टन कर्बी, लेफ्टिनेंट फ्रेजर, सार्जेन्ट वाल्टन, कैप्टिन ट्रूप कर्नल राबर्टसन आदि अंग्रेज अफसर भी मार डाले गए। सूरज छिपने तक एक भी अंग्रेज़ बरेली में जिंदा नहीं था। छह घंटे के अंदर बरेली में स्वाधीनता का हरा झंडा फहराने लगा। जिस समय अंग्रेज़ों का झंडा उतार कर उसकी जगह हरा झंडा फहराया गया। उसी समय तोपखाने के सूबेदार बख्त खां ने विप्लवकारी सेना की कमान संभाल ली।

इसी दिन दो महत्वपूर्ण फैसले भी हुए। दिल्ली के बादशाह की रजामंदी से, तोपखाने के सूबेदार मोहम्मद बख्त खां को रुहेलखंड का सूबेदार घोषित किया गया और उसी दिन दूत भेजकर रुहेलखंड की आज़ादी का समाचार बहादुरशाह ज़फ़र को दिल्ली पहुंचा दिया गया तथा खान बहादुर खां को रुहेलखंड का नवाब घोषित किया गया। बरेली की इस सफलता का परिणाम यह हुआ कि उसके बाद शाहजहांपुर, मुरादाबाद और बदायूं शहर से भी अंग्रेजों का बोरिया-बिस्तर बंध गया। सारा रुहेलखंड दो दिन में आज़ाद हो गया। सेनापति मोहम्मद, बख्त खां कंपनी की सारी हिन्दुस्तानी सेना, उसका खज़ाना, तोपे तथा हथियार लेकर दिल्ली की ओर रवाना हो गया। स्मरण रहे, यह वही सेनापति मोहम्मद बख्त खां था, जिसने क्रांति के विफल होने के बाद, (अंग्रेजों का दिल्ली पर तीन चौथाई कब्जा पुनः होने पर) दिल्ली के बादशाह बहादुरशाह ज़फ़र को दिल्ली से बाहर चलकर युद्ध का संचालन करने की सलाह दी थी।

इटावा : एक हाथ में तलवार और दूसरे हाथ में मशाल लिए इटावा के देशी सैनिकों ने भी 22 मई, 1857 को क्रांति की घोषणा कर दी। इटावा के कलेक्टर एलन ओ ह्यूम ने (जिसने बाद में 28 दिसंबर, 1885 को, कांग्रेस की स्थापना की।) मेरठ क्रांति की सूचना मिलते ही अतिरिक्त मजिस्ट्रेट डैनियल की सहायता से दिल्ली जाने वाले मार्ग पर सेना तैनात कर दी, ताकि क्रांतिकारी सैनिक न तो इटावा में आ सकें, न इटावा से बाहर जा सकें।

22 मई को इटावा में क्रांति होने पर वफादार सैनिकों पर आक्रमण करने वाले क्रांतिकारियों को गिरफ्तार करने स्वयं कलेक्टर ए. ओ. ह्यूम सुप्रसिद्ध हनुमान मंदिर की ओर आया। क्रांतिकारी सैनिकों ने ह्यूम के साथ आए सरकार के वफादार सैनिकों पर हमला कर दिया। ह्यूम ने भागकर अपने प्राण बचाए।

बाद में ए. ओ. ह्यूम साड़ी पहनकर, महिला के वेश में इटावा से भाग निकला। इटावा पर क्रांतिकारियों का कब्जा हो गया, इटावा स्वंतत्र हो गया 23 तारीख को इटावा के क्रांतिकारी सैनिक भी दिल्ली की ओर चल पड़े। अंग्रेजों के यूनियन जैक के स्थान पर क्रांतिकारियों का हरा झंडा फहराने लगा।

मुरादाबाद : मुरादाबाद का कलेक्टर विल्सन था, जो जनता में काफी लोकप्रिय था। उसे भी मेरठ और दिल्ली की घटनाओं का पूर्ण ज्ञान था। उसने अपने क्षेत्र के प्रभावशाली व्यक्तियों से इस विषय पर बातचीत की। सबने उसे विश्वास दिलाया कि वह निश्चित रहे, सेना ने भी उसे ऐसा ही विश्वास दिलाया। परन्तु वास्तविकता कुछ और थी। सब लोग 31 मई का इंतजार कर रहे थे। 31 मई की परेड में देशी सैनिकों ने अंग्रेज़ों को आदेश दिया कि वे दो घंटे में मुरादाबाद छोड़ दें। अंग्रेज़ तुरन्त ही वहां से जान बचाकर भागे और मुरादाबाद भी आज़ाद हो गया।

शाहजहांपुर : शाहजहांपुर में 20 नंबर की पलटन थी, मेरठ तथा दिल्ली क्रांति की सूचना 15-16 मई को ही यहां पहुंच गई थी फिर भी वहां क्रांति का सूत्रपात सुनिश्चित योजनानुसार 31 मई, 1857 को ही हुआ। क्रांति का सूत्रपात उस समय हुआ जब अंग्रेज़ प्रातःकाल गिरजाघर में प्रार्थना के लिए इकट्ठे हुए थे। गिरजाघर पर भारतीय सैनिकों ने आक्रमण कर दिया। चर्च के पादरी ने सैनिकों को समझाने की कोशिश की तो सबसे पहले उसी का एक हाथ सैनिक की तलवार से कट गया। डॉक्टर बालिंग ने उत्तेजित सैनिकों को समझाने की कोशिश की, तभी किसी सैनिक ने उसकी गोली मारकर हत्या कर दी। इससे पहले सैनिक सिटी मजिस्ट्रेट रिकेट को मार चुके थे, जो उनसे बचकर भाग रहा था। कलेक्टर रिफेट्स तथा सर वाडोर को भी चर्च में ही मारा गया।

भारतीय सैनिकों का एक दल चर्च पर हमला कर रहा था, तो दूसरा दल छावनी में मौजूद अन्य अंग्रेज़ों को मारने में लगा था। औरतों और बच्चों तक को मौत के घाट उतार दिया गया। शाहजहांपुर में यूनियन जैक को उतारकर जला दिया गया तथा उसके स्थान पर हरा झंडा फहराया गया।

बदायूं : बदायूं में लगान को लेकर वहां की जनता और किसानों में असंतोष बहुत पहले से ही चल रहा था, ज़मींदार और किसान-दोनों लगान देने में असमर्थता जता रहे थे। बदायूं का कलेक्टर एडवर्डस इस असंतोष को कुचलने के लिए, बरेली के अधिकारियों से सहायता मांग रहा था, परन्तु बरेली से लौटे हर कारे

(कर्मचारी) ने आकर सूचना दी कि वहां तो क्रांतिकारियों का कब्जा हो गया है। 1 जून को सुबह सैनिकों ने ढोंढी पिटी कि **"अंग्रेज़ी राज खत्म हो चुका है। मुगल बादशाह बहादुरशाह ज़फ़र की हुकूमत दोबारा शुरू हो गई है। बादशाह ने यहां अपना प्रतिनिधि खान बहादुर खां को मुकर्रर किया है।"**

सैनिकों के ढिंढोरे को सुनकर, पूरी सेना, पुलिस और जनता एक साथ उठ खड़ी हुई और देखते-देखते राजकोष पर क्रांतिकारियों ने कब्जा कर लिया। बदायूं से अंग्रेज़ भाग गए या मारे गए। खान बहादुर खां ने खुद को नवाब मुकर्रर किए जाने के बाद मुनादी करा दी :

"हिन्दुस्तान के बाशिंदों, जिस वक्त का इंतजार हम लम्बे अर्से से कर रहे थे। वह आज़ादी का वक़्त दहलीज पर है...हिन्दू और मुसलमानों, अगर फिरंगी हिन्दुस्तान में रह गया तो वह हमारा क़त्ल करेगा। हमारे मजहब को तबाह करेगा...मुसलमानों अगर आप कुरान की इज़्ज़त करते हैं...हिन्दुओं अगर आप गौ की इज्जत करते हैं तो आपसी तंग नजरिए को भुलाकर, इस पाक जंग में शरीक हो जाओ, एक झंडे के नीचे जंगे मैदान में उतरो। फिरंगियों के खून का दरिया बहा दो। जो इस जंग में शरीक होगा, उसे आज़ादी मिलेगी और दूसरी दुनिया में जन्नत नसीब होगी।" इस अपील का हिन्दू-मुसलमान दोनों पर गहरा असर पड़ा। सैनिक राजकोष लेकर दिल्ली चल पड़े। खान बहादुर खां को बरेली, मुरादाबाद, बदायूं व शाहजहांपुर का नवाब को घोषित किया गया।

फर्रुखाबाद, फतेहगढ़ तथा आजमगढ़ : जून के पहले सप्ताह में क्रांतिकारियों ने फर्रुखाबाद में भी विद्रोह कर दिया। यहां सरकारी खजाना लूटा गया, जेल से कैदियों को छुड़ाया गया। तफज्जुल हुसैन को फर्रुखाबाद का नवाब बनाया गया, वह क्रांतिकारियों का नेता था। अब फर्रुखाबाद आज़ाद था। फतेहगढ़ में, कर्नल स्मिथ ने क्रांति की सूचना पाते ही अंग्रेज़ स्त्रियों और बच्चों को कानपुर भिजवा दिया और खुद बाकी अंग्रेज़ ऑफिसरों के साथ, उस किले में जा छिपा जहां सरकारी खजाना रखा जाता था। 25 जून को क्रांतिकारियों ने सरकारी खजाने को लूटा, स्मिथ समेत सभी अंग्रेज़ अफसर देशी सैनिकों के हमले से घबराकर भाग निकले। क्रांतिकारियों ने उनका पीछा किया। नाव में भागते अंग्रेज़ों पर गंगा के दोनों ओर से गोलियां चली, जिसके कारण बहुत से अंग्रेज़ मारे गए, स्मिथ का क्या हुआ? कुछ पता नहीं है कि वह कहां गया?

3 जून, 1857 को आजमगढ़ के परेड ग्राउंड पर सैनिकों की बन्दूकें गरज उठी। आजमगढ़ में उस दिन गोरखपुर से पांच लाख रु. सरकारी कोषागार में आया हुआ था। आजमगढ़ के खजाने में तीन लाख रु. पहले से ही था। यह खजाना सुरक्षा की दृष्टि से बनारस भेजा जाना था, परन्तु क्रांतिकारियों ने यह पूरा पैसा लूट लिया। आजमगढ़ में 31वीं रेजिमेंट के सैनिकों ने मजिस्ट्रेट हार्न समेत अंग्रेज़ सेना अधिकारियों को गिरफ्तार कर लिया। आजमगढ़ आज़ाद हो गया। लेफ्टि. हचिन्सन और क्वार्टर सार्जेंट लुई मारे गए।

नसीराबाद : यहां भारतीय और अंग्रेज दोनों फौज़ों की छावनी थी। 28 मई को भारतीय सैनिकों ने अंग्रेज़ सैनिकों पर धावा बोल दिया। अंग्रेज़ सैनिक पराजित हुए, बहुत से भाग गए। भारतीय सैनिक नसीराबाद पर कब्जा करने के बाद दिल्ली की ओर बढ़ने लगे।

बनारस : बनारस के पास ही सिकरोली नामक गांव में अंग्रेज़ों की सैनिक छावनी थी। इसमें उस समय देशी पैदल पलटन की 37वीं रेजिमेंट, लुधियाना की सिख रेजिमेंट और 13 नंबर घुड़सवार सेना थी, जो ब्रिगेडियर पान्सनबी के अधीन थी। वहां एक तोपखाना भी था, जिसे अंग्रेज़ी सेना ने अपने अधिकार में रखा था।

बैरकपुर, मेरठ, दिल्ली की घटनाओं की सूचना अंग्रेज़ों को थी, अतः वे सतर्क थे। भारतीय जनता भी जागरूक थी। यहां क्रांति का सूत्रपात 21 मई को होना था, किन्तु अपरिहार्य कारणों से यह योजना 3 जून तक आगे बढ़ानी पड़ी। 3 जून की रात को देशी सिपाहियों ने आजमगढ़ से बनारस आने वाला खजाना लूट लिया। खजाने के साथ ही तोपखाने, कारागार, कार्यालयों, बैरकों तथा रास्तों तक पर अधिकार कर लिया और लेफ्टिनेंट हचिन्सन तथा क्वार्टर सार्जन्ट लुई की गोली मारकर हत्या कर दी। सुबह होते-होते आजमगढ़ अंग्रेज़ों की सत्ता से मुक्त हो गया। सभी जगहों पर हरा झंडा लहराने लगा। सभी सैनिक फैजाबाद की ओर चल दिए। बनारस का, 4 जून का पूरा दिन तनाव में बीता, अंग्रेज़ों को विस्फोट की आशंका थी, इसलिए उसी दिन शाम को सैनिकों को परेड मैदान पर बुलाया गया, वहां तोपखाना तथा 250 अंग्रेज़ सैनिक पहले ही तैनात कर दिए गए थे। जब ब्रिगेडियर पास्वरी ने देशी सैनिकों को हथियार रखने का आदेश दिया। (इस परेड में 2000 देशी सिपाहियों में से केवल 400 आए थे) तो बजाय आदेश का पालन करने के उन्होंने मैगजीन और अंग्रेज़ अफसरों पर आक्रमण

कर दिया। इस संघर्ष में लुधियाना की सिख रेजिमेंट ने अंग्रेज़ों की सेना का साथ दिया, हालांकि बनारस की जनता ने विप्लवी क्रांतिकारियों का साथ दिया। सिख सेना के राष्ट्रद्रोह के कारण क्रांतिकारी बनारस पर अधिकार नहीं कर पाए। अंग्रेज़ों द्वारा कर्नल नील की कमान में लड़ी गई लड़ाई में यद्यपि विप्लवी सैनिकों को पीछे हटना पड़ा था, परन्तु तब भी देशी सिपाहियों और जनता के हौसले बुलंद थे। बनारस से निकले क्रांतिकारियों में से कुछ ने जौनपुर की राह पकड़ी और 5 जून को जौनपुर में क्रांति हो गई।

इलाहाबाद : बनारस की क्रांति की लहर की सूचना इलाहाबाद में भी पहुंची। इलाहाबाद बनारस से 70 मील की दूरी पर है।

शहर में विद्रोह के कारण, इलाहाबाद के किले में अंग्रेज़ों के परिवार शरण लिए हुए थे। किले पर क्रांतिकारी सैनिक कब्जा नहीं कर पाए, परन्तु कड़ा संघर्ष रहा, क्योंकि किले की सुरक्षा का भार अंग्रेजों ने सिख सिपाहियों को दे रखा था। इन सिख सैनिकों ने क्रांतिकारी सेना के विरुद्ध अंग्रेज़ों के प्रति गहरी राजभक्ति प्रदर्शित की। देशी सैनिकों ने भरसक प्रयत्न किया कि सिख सिपाही क्रांति का साथ दे और किले पर कब्जा करने में उनसे सहयोग करें। किले में उस समय पर्याप्त अस्त्र-शस्त्र और गोला-बारूद का भंडार था। शहर में देशी सैनिकों ने, अंग्रेज़ों के मकान फूंक दिए, जेलखानों से कैदियों को छुड़ा लिया। 7 लाख रुपए के खजाने पर कब्जा जमा लिया। रेल और तार व्यवस्था भंग कर दी गई। 7 जून की शाम को शहर और छावनी में हरे झंडों के साथ जुलूस निकाला गया। इतिहासकार सर जॉन के शब्दों में "**न केवल गंगा पार के इलाकों में बल्कि गंगा और यमुना के मध्य के क्षेत्र में भी देहातों की जनता हमारे विरोध में खड़ी हो गई...शीघ्र ही वहां हिन्दू या मुसलमानों में एक भी ऐसा व्यक्ति नहीं बचा जो हमारे विरुद्ध न हो।**"

दो चार दिन की तनावपूर्ण स्थिति के बाद इलाहाबाद के लोगों तथा आसपास के ज़मींदारों ने मौलवी लियाकत अली को मुगल बादशाह बहादुरशाह ज़फ़र के प्रतिनिधि के रूप में सूबेदार नियुक्त किया, जो कट्टर स्वतंत्रता प्रेमी था। मौलवी लियाकत अली जुलाहों का धर्म गुरु था। बहावी मतावलम्बी होने के साथ-साथ वह अध्यापक भी रह चुका था। इलाहाबाद के खुसरो बाग में मौलवी का कार्यालय था।

आगरा : नसीराबाद तथा नीमच के विद्रोही सैनिक आगरा की ओर बढ़े। उनके साथ 2711 देशी सैनिक और 16 तोपें थीं। गवर्नर कॉल्विन ने सुरक्षा की दृष्टि से सभी अंग्रेज़ों को आगरा के किले में ले लिया। कोटा तथा भरतपुर से भी उसने सैनिक सहायता प्राप्त की, परन्तु ये सैनिक भी विद्रोही सैनिकों का सामना नहीं कर पाए। उसने भी अपनी सेना सहित भागकर आगरा के किले में शरण ली। विद्रोहियों ने अंग्रेज़ों की कोठियों को जला डाला और बाद में वे दिल्ली की ओर बढ़ गए।

मध्य भारत में क्रांति

आज का मध्य प्रदेश क्षेत्र ही तत्कालीन मध्य भारत था। अंग्रेजों ने यहां के देशी राजाओं के साथ संधियां करके उन्हें कंपनी सरकार के अधीन कर लिया। अंग्रेज़ों ने उन राजाओं और उनके राज्यों को 'सेन्ट्रल इंडिया एजेन्सी' नाम देकर इसे 'ब्रिटिश रेजिडेन्सी' के अधिकार में कर लिया। जिसका मुख्य कार्यालय इन्दौर में था, जहां एक रेजिडेंट गवर्नर जनरल 'एजेन्ट' के रूप में कार्यरत था।

सन् 1857 में, इन्दौर, ग्वालियर, धार, देवास, रीवा, ओरछा, बड़वानी राज्य इस एजेंसी का कार्य क्षेत्र थी। उस समय मध्य भारत का क्षेत्रफल लगभग 86000 वर्ग मील तथा आबादी लगभग 80 लाख थी। अपना अधिकार बनाए रखने की दृष्टि से अंग्रेज़ों ने अनेक स्थानों पर सैनिक छावनियां बना रखी थी, जैसे महू, नीमच, मुरार, सीहोर, आगर, महिदपुर, गुना, शिवपुरी आदि।

बनारस की '30 नेटिव इन्फेन्ट्री' का एक देशी सिपाही रीवा राज्य के सैनिकों से तथा बाद में रीवा नरेश से भी मिला और उन्हें क्रांति में भाग लेने के लिए आमंत्रित किया था। तत्कालीन रेजिडेंट हैनरी डयूरण्ड को 25 अप्रैल, 1857 को यह सूचना मिली थी।

निश्चित रूप से इस प्रकार के निमंत्रण, मध्य भारत की अन्य छावनियों में भी पहुंचे होंगे। महू छावनी के सिपाहियों ने मई के दूसरे सप्ताह में इन्दौर रेजिडेंसी पर हमला करने का विचार किया तथा इन्दौर नरेश होल्कर की फौज के साथ गुप्त मीटिंग की। इन्दौर का अंग्रेज़ रेजिडेंट भी चौकन्ना था, उसने भी एक नई सैनिक टुकड़ी इन्दौर में बुलवा ली। अतः देशी सैनिक अपनी योजना क्रियान्वित न कर पाए किन्तु 3 जून, 1857 को रात 9 बजे नीमच की देशी सेना ने क्रांति का शंखनाद कर दिया। नसीराबाद छावनी की सेना तो 28 मई को ही विद्रोह कर चुकी थी। 14 जून, 1857 को मुरार स्थित ग्वालियर छावनी के

सिपाहियों ने रात के नौ बजे विद्रोह का बिगुल बजा दिया। सैनिकों ने ग्वालियर और शिवपुर के बीच टेलीग्राफ लाइन काट दी।

1 जुलाई को होल्कर नरेश की सेना ने इन्दौर रेजिडेंसी पर हमला कर दिया। कर्नल डयूरण्ड को इस बात की आशंका थी कि यह हमला होल्कर नरेश तकोजी राव ने स्वयं करवाया है। हमले का नेतत्व घड-सेना के अधिकारी सआदत खान तथा भगीरथ सिलावट ने किया था।

इन्दौर के बाद कुछ घंटों में ही महू की सैनिक छावनी में भी विद्रोह हो गया। नीमच, इन्दौर और महू में सैनिक क्रांति के समाचार शीघ्र ही प्रदेश के अन्य स्थानों पर भी फैल गए जिसके कारण, 2 और 3 जुलाई को धार, अमझेरा, सरदारपुर तथा भोपावर में भी सैनिकों ने अंग्रेज़ों के विरुद्ध हथियार उठा लिए। इस सशस्त्र विद्रोह में अमझेरा के राजा राव बख्तावर सिंह ने महत्वपर्ण भमिका निभाई जिसके कारण उसे 10 फरवरी. 1858 को इन्दौर में सार्वजनिक रूप से एक पेड़ पर लटका कर फांसी दे दी गई।

मध्य भारत के निमाड़ क्षेत्र के, मण्डेलश्वर, सेंधवा तथा बडवानी में भी विद्रोह हुए। इन क्षेत्रों में विद्रोह का नेतृत्व भील नेता भीमा नायक ने किया। 4 जुलाई, 1857 को आगर (यह स्थान उज्जैन से 40 मील की दूरी पर है, यहां सैनिक छावनी थी) तथा 8 जुलाई को महिदपुर छावनी में भी विद्रोह हुआ।

राजस्थान में क्रांति

1857 का स्वाधीनता संग्राम पूरे देश में फैला था। देश का कोई भी हिस्सा ऐसा नहीं था, जिसने संग्राम में भाग न लिया हो। राजस्थान भी इस क्रांति यज्ञ से अछूता नहीं रहा। 1857 में राजस्थान, नसीराबाद, नीमच, ब्यावर, देवली (टोंक), एरिनपुरा (जोधपुर) तथा खैरवाड़ा (उदयपुर से 100 कि. मी. दूर) में छावनियां थीं। इन्हीं छावनियों के बल पर अंग्रेज़ राजस्थान में अपनी सत्ता संभाले थे। यूं तो राजस्थान देशी रियासतों का गढ़ था, पर दो-चार रियासतों को छोड़कर सभी ने अंग्रेजों से संधि कर रखी थी और वे अपने को अंग्रेजों के आधिपत्य में ही सुरक्षित समझते थे। परन्तु क्रांति के संयोजकों ने छावनियों के देशी सैनिकों में स्वतंत्र होने की चेतना भर कर, उन्हें क्रांति के साथ जोड़ा।

28 मई, 1857 को अजमेर से लगभग 6 मील की दूरी पर स्थित नसीराबाद की छावनी दोपहर दो बजे तोपखाने के गोले से गनगना उठी। छावनी की 15वीं 'नेटिव इन्फेन्ट्री' के सैनिकों ने, बख्तावर सिंह नामक एक फौजी के नेतृत्व में तोपखाने पर कब्जा कर लिया। अंग्रेज़ आफिसरों ने सिपाहियों को विद्रोहियों पर आक्रमण करने का आदेश दिया। देशी सिपाहियों ने आदेश को नहीं माना, वरन वे भी विद्रोहियों के साथ मिल गए। कर्नल न्यूबरी तथा मेजर स्पॉटवुड को मौत के घाट उतार दिया। लेफ्टिनेंट लॉक तथा कप्तान फेनविक ने वहां से भागकर ब्यावर में शरण ली, जो संघर्ष में बुरी तरह घायल हो गए थे। 'हिण्डौन' में जयपुर राज्य की सेना थी, उसने भी क्रांतिकारियों का साथ दिया। एरिनपुरा छावनी के सैनिकों ने मेहराब सिंह को अपना जनरल चुना तथा उसके नेतृत्व में क्रांतिकारी पाली जिले में पहुंचे। पाली जिले में 'आउवा' नामक छोटा सा गांव था, जहां के ठाकुर कुशालसिंह क्रांति की मशाल थामे थे। जहां एक ओर क्रांतिकारी देश की आजादी के लिए अपना रक्त बहा रहे, वहीं दूसरी ओर अंग्रेज़ परस्त राजाओं

की सेना क्रांतिकारियों से लड़ रही थी। जोधपुर के राजा अंग्रेजों के पिठु थे, अतः उनकी सेना अंग्रेज़ों की रक्षा के लिए क्रांतिकारियों से संघर्ष कर रही थी।

8 सितंबर, 1857 को क्रांतिकारियों का संघर्ष अंग्रेज़ भक्त महाराजा जोधपुर की सेना से हुआ। जिसमें जोधपुर का सेनानायक अनाड़सिंह मारा गया और अंग्रेज़ सेनानायक हीथ कोट युद्ध के मैदान से जान बचाकर भाग निकला। ठाकुर कुशाल सिंह ने यहां क्रांतिकारियों का नेतृत्व किया।

दूसरा संघर्ष, दस दिन बाद आउवा के पास चेलावास में हुआ। अंग्रेज़ों की ओर से जार्ज लारेन्स व जोधपुर का पोलिटिकल एजेंट मॉक मेसन इस लड़ाई का नेतृत्व कर रहा था। क्रांतिकारियों का नेतृत्व यहां भी ठाकुर कुशालसिंह ने किया। इस संघर्ष में क्रांतिकारी जीते। इस युद्ध में मॉक मेसन मारा गया। क्रांतिकारियों ने उसका शव आउवा के किले के दरवाजे पर उल्टा लटका दिया। 20 जनवरी. 1858 के तीसरी और अंतिम लड़ाई कर्नल होम्स और क्रांतिकारियों के बीच हुई। इसमें ठा. कुशालसिंह के कामदार और किलेदार की दगाबाजी के कारण अंग्रेज़ों ने किले पर कब्जा कर लिया।

चौथा संघर्ष बेडसू में हुआ। यह लड़ाई चालीस दिन तक चली। इसमें अंग्रेज़ विजयी रहे।

बिहार में क्रांति

बिहार के शाहबाद जिले में जगदीशपुर एक छोटी-सी राजपूत रियासत थी। दिल्ली के बादशाह ने रियासत के मालिक को 'राजा' की उपाधि प्रदान की थी। इस रियासत को भी लार्ड डलहौजी ने 'अपहरण नीति' (लेप्स) के अंतर्गत हथिया लिया था। जगदीशपुर के राजा कुंवर सिंह आसपास के इलाके में अत्यंत लोकप्रिय थे।

दानापुर की क्रांतिकारी सेना जब जगदीशपुर पहुंची तो 75 वर्षीय कुंवर सिंह ने, उसका नेतृत्व संभाल लिया। बिहार की जनता उन्हें प्रेम से बाबू कुंवर सिंह कहती थी। बाबू कुंवरसिंह सेना के साथ आरा पहुंचे। कुंवरसिंह ने आरा के अंग्रेज़ी खजाने पर कब्जा कर लिया, जेल से कैदियों को छुड़ा लिया गया। सरकारी इमारतें तोड़ दी गई। इसके बाद आरा के किले को घेरा गया। तभी दानापुर का कप्तान डनबर चार सौ सिपाहियों के साथ आरा आ पहुंचा। लेकिन वह कुंवरसिंह की वीरता के सामने टिक न पाया। कप्तान डनबर के साथ साढ़े तीन सौ सिपाही इस युद्ध में मारे गए।

आरा की पराजय की खबर सुनकर मेजर ऑथर एक बड़ी सेना लेकर आया। उस समय बाबू कुंवरसिंह जगदीशपुर में थे। मेजर ऑथर सीधे जगदीशपुर पहुंचा। कई दिनों के युद्ध के पश्चात् मेजर ऑथर का कब्जा जगदीशपुर के किले पर हो गया। बाबू कुंवरसिंह परिवार की स्त्रियों तथा बारह सौ सैनिकों के साथ जगदीशपुर से निकल गए।

जगदीशपुर से चलकर, बाबू कुंवरसिंह ने आजमगढ़ से पच्चीस मील दूर अतरौलिया नामक स्थान पर डेरा डाला। कुंवरसिंह के अतरौलिया में होने की खबर लेकर मिलमैन नाम का अंग्रेज़ अफ़सर अपनी सेना लेकर 22 मार्च, 1858 को वहां पहुंच गया। अब तक आसपास के क्रांतिकारी भी कुंवर सिंह की सहायता के लिए आ पहुंचे। दोनों ओर की सेनाओं में युद्ध हुआ। कुछ

समय बाद चतुराई से बाबू कुंवर सिंह की सेना पीछे हटने लगी और जंगल में चली गई। अंग्रेज़ों की सेना ने समझा कि कुंवर सिंह युद्ध से डरकर भाग रहा है, लेकिन कुंवर सिंह उस इलाके के जंगल की भूमि के चप्पे-चप्पे से परिचित थे।

जनरल वेनविल ने कुंवरसिंह को भगोड़ा समझकर, मिल मैन की सेना को भोजन करके आराम करने का आदेश दिया। मिलमैन की सेना एक आम के बाग में ठहरकर भोजन करने लगी। तभी कुंवरसिंह की सेना ने अंग्रेज़ी सेना पर हमला कर दिया। अंग्रेज़ी सेना भागने लगी, बहुत सारे अंग्रेज़ सिपाही मारे गए। मिलमैन भी बचे हुए अंग्रेज़ सैनिक लेकर आजमगढ़ की तरफ भाग गया।

अंग्रेज़ सेना की सहायता के लिए लार्ड मार्कर एक बड़ी सेना लेकर वाराणसी के उत्तरी क्षेत्र में पहुंचा, जहां कुंवरसिंह, लखनऊ से आए क्रांतिकारियों के साथ मिलकर अंग्रेज़ सेना से लड़ रहे थे। 6 अप्रैल, 1858 को मार्कर और कुंवरसिंह की सेना में भीषण युद्ध हुआ। कुंवरसिंह विजयी रहे। लार्ड मार्कर हारकर बचे अंग्रेज़ सैनिकों के साथ आजमगढ़ के किले में जा छिपा। कुंवर सिंह ने लार्ड मार्कर को उसके सैनिकों सहित किले में ही कैद कर दिया।

कुंवरसिंह ने इसके बाद सेनापति लगर्ड को गाजीपुर के पास हराया। कुंवरसिंह गंगा की तरफ अपनी सेना लेकर बढ़ चले। गंगा नदी के पार कुंवरसिंह की राजधानी जगदीशपुर थी, उन्हें वहां पहुंचना था। गंगा के पास पहुंचकर उन्होंने अफवाह फैलाई कि सेना बलिया के पास हाथियों से गंगा पार करेगी। अंग्रेज़ों की सेना बलिया में उस स्थान पर जाकर डट गई, जहां से कुंवर सिंह के गंगा पार करने की आशंका थी, किन्तु कुंवर सिंह उस स्थान से सात मील दूर शिवपुर घाट से, रात्रि में किश्तियों से गंगा पार करने लगे। जब अंग्रेज़ों को इसकी सूचना लगी तो वे शिवपुर की ओर भागे, उस समय तक कुंवर सिंह की सारी सेना गंगा के उस पार पहुंच चुकी थी। आखिरी किश्ती में कुंवरसिंह थे। जब यह किश्ती बीच धार में थी, तभी एक अंग्रेज़ सैनिक की गोली कुंवरसिंह के दाहिने हाथ में लगी। 75 वर्षीय बूढ़े शेर कुंवरसिंह ने यह सोचकर कि दाहिना हाथ निकम्मा हो गया है, बाएं हाथ से तलवार खींचकर, अपने घायल दाहिने हाथ को खुद एक झटके से कुहनी के पास से काटकर गंगा को समर्पित कर दिया। घाव पर कपड़ा लपेटकर गंगा पार की।

22 अप्रैल, 1858 को कुंवर सिंह ने जगदीशपुर में प्रवेश किया। यहां उनके छोटे भाई अमर सिंह ने पहले से ही एक सेना तैयार कर रखी थी। दोनों भाइयों ने जगदीशपर पर फिर से कब्जा कर लिया। बाब कंवर सिंह के हाथ का घाव अच्छा नहीं हो पाया, इस कारण ही 26 अप्रैल, 1858 को कंवरसिंह का देहांत हो गया। सन् 1857 में स्वतंत्रता की लहर जैसे पूरे भारत में चली, वैसे ही पूरे बिहार में भी चली। जगदीशपुर में कुंवरसिंह ने नेतृत्व संभाला। आरा, छपरा और मोतीहारी जिले भी क्रांति के प्रभाव में थे। अंग्रेज़ों ने सैनिक व्यवस्था बनाए रखने के लिए दानापुर नगर में छावनी बनाई थी। जहां सेना की सातवीं, आठवीं पलटनें मौजूद थीं। इन पर नियंत्रण रखने के लिए गोरों की सेना, तोपखाने, मेजर होम्स के नियंत्रण में 12 रेजिमेंट की घुड़सवार टुकड़ी तैनात थी। मेजर जनरल लाइड इस छावनी का सेनापति था। पटना शहर कट्टर बहाबी मुसलमानों का गढ़ था। यह जाति अपने मजहबी संस्कारों की वजह से लड़ाकू प्रवृत्ति की तथा अंग्रेज़ी गुलामी से सख्त नफरत करती थी। उन्होंने एक गुप्त क्रांतिकारी संगठन की स्थापना कर ली थी। यह बात अंग्रेज प्रशासक बहुत अच्छी तरह जानते थे, अतः कमिश्नर टेलर की इन पर कोप दृष्टि थी। अनेक मुल्ला-मौलवी इस संगठन के प्रचार-प्रसार में लगे हुए थे। इस गुप्त संगठन को धनी व्यापारियों, ज़मींदारों, साहूकारों का आर्थिक सहयोग प्राप्त था। इस गुप्त संगठन की स्थापना सन् 1852 के लगभग हुई थी। इस संगठन ने सन् 1857 की क्रांति के समय क्रांतिकारी सैनिकों को बहुत अधिक सहयोग दिया।

असम और बंगाल की क्रांति

असम और बंगाल में भी 1857 की क्रांति की ज्वाला भड़की। बंगाल के चटगांव में देशी सेनाओं ने विद्रोह किया, उन्होंने अंग्रेजी खजाने पर अधिकार कर लिया तथा जेल से कैदियों को छुड़ा लिया पर किसी अंग्रेज़ अफसर की हत्या नहीं की। विद्रोह को दबाने के लिए टिपरा (अगरतला) के राजा ने अंग्रेज़ों की सहायता की।

नवंबर, 1857 में अंग्रेज़ों ने देशी सैनिकों से हथियार रखवाने की कोशिश की, परन्तु सिपाही विद्रोह करके जलपाईगुडी चले गए। जहां पलटन की मुख्य छावनी थी। अंग्रेज़ी सेना ने इनका पीछा किया, पर वे जंगलों में छिप गए। नेपाल के राजा जंगबहादुर की सहायता से अंग्रेजों ने उन्हें जंगलों में खोजा, परन्तु विद्रोही सैनिक चकमा देकर ढाका से लंबी यात्रा करते हुए अवध आ पहुंचे, जहां वे अन्य क्रांतिकारियों के साथ, अंग्रेज़ों के विरुद्ध लड़ाई में शामिल हुए। दिसंबर के महीने में मदारीगंज और जलपाईगुडी में भी देशी सेनाओं ने विद्रोह कर दिया। पूर्णिया में अंग्रेज़ी सेना अधिकारी यूल के सैनिकों से टक्कर होने पर ये लोग नेपाल की ओर निकल गए।

असम में क्रांति की मशाल जलाने का कार्य मनीराम दत्त बरुआ और वहां के भूतपूर्व राजा कन्दपेश्वर ने किया था। इन दोनों ने बंगाली मुख्तियार मधु मलिक को जोरहट भेजा था, ताकि क्रांति का सूत्रपात किया जा सके।

1857 में डिब्रूगढ़ तथा गोहाटी में सेना की दो रेजिमेंट थी। इनके सैनिकों की टुकड़ियां सदर स्टेशनों एवं सामरिक महत्व के स्थानों की सुरक्षा करती थीं।

जब पूरे भारत में क्रांति का बिगुल बजा, तो असम भी उससे अछूता नहीं रहा। राजा कन्दपेश्वर सिंह के दो विश्वस्त साथियों ने गोलपाड़ा की टुकड़ी के सूबेदार शेख भीखम से संपर्क किया और उसके माध्यम से एक निश्चित तारीख व समय पर विद्रोह का शंख फूंकने का संदेश अन्य रेजिमेंटों तक पहुंचाया। अक्तूबर, 1857 में विद्रोह करने की योजना बनी। परन्तु क्रांति की तारीख पर

सहमति नहीं बन पा रही थी। इस बीच ही अंग्रेज़ों को इस योजना का पता चल गया। अतः क्रांति के सूत्रधारों को बन्दी बनाकर अंग्रेज़ों ने किसी को फांसी दी, किसी को आजीवन कारावास दिया और इस योजना को मटियामेट कर दिया।

एक संघर्ष में सिलहट की लाइट इन्फेन्ट्री का कमांडर मेजर बिंग मारा गया।

गुजरात में क्रांति की लपटें

स्वतंत्रता के इस महासमर की गूंज गुजरात में भी पहुंची। गुजरात के जिन भागों में सशस्त्र विद्रोह हुए उनमें प्रमुख थे, अहमदाबाद जिला, महीकांठा, खेड़ा, पंच महल, रेवा कांठा तथा गायकवाड राज्य।

स्थानीय फौजी छावनी की 7वीं रेजिमेंट के सूबेदार ने जून, 1857 में एक विद्रोह की योजना अपने साथियों के सामने रखी, योजना के अनुसार क्रांतिकारी सैनिकों को पहले अहमदाबाद पर कब्जा करना था तथा बाद में बड़ौदा की ओर कूच करके श्रीगोविंद राव, उर्फ बापू राव गायकवाड को अपना सेनापति घोषित करना था। योजना के क्रियान्वयन से पहले ही अंग्रेजों को इसकी भनक पड़ गई। सूबेदार को गिरफ्तार कर उसे फांसी पर लटकाया गया और समस्त 7वीं रेजिमेंट के हथियार ले लिए गए।

दूसरा विद्रोह, 9 जुलाई को सातवीं घुड़सवार सेना द्वारा किया गया, परन्तु अन्य रेजिमेंटों द्वारा सहयोग न मिलने के कारण, वे अकेले पड़ गए। अंग्रेज सैनिक टुकड़ी ने उन्हें घेर लिया। संघर्ष में दो घुड़सवार सिपाही मारे गए। बाद में पांच सैनिकों को अंग्रेजों ने फांसी पर लटका दिया। इन सैनिकों का संबंध ग्रेनेडियर रेजिमेंट से था।

ग्रेनेडियर्स सैनिकों की एक टुकड़ी ने 14 सितंबर को पुनः विद्रोह किया, पिछली बार की तरह इस बार भी 7वीं मराठा रेजिमेंट का साथ नहीं मिला, अतः यह प्रयास भी असफल रहा। विद्रोह करने के अभियोग में अनेक सैनिकों का कोर्ट मार्शल हुआ। उन्हें गोली से उड़ाया गया। कुछ को फांसी पर लटकाया गया। 16 अक्तूबर, 1857 की क्रांति में भोंसले राजा, भाऊ साहब पंवार, श्रीमगन भूखण तथा द्वारकादास (निहालचंद झवेरी) सर्राफ तथा जेठा माधव जी शामिल थे तथा गोविंदराव गायकवाड उर्फ बापू राव गायकवाड उनके नेता थे। किसी गद्दार ने सारी योजना महाराजा, खण्डेराव को बता दी, जो अंग्रेज़

समर्थक थे। कंपनी की सेनाओं ने अचानक क्रांतिकारियों के कैम्प पर आक्रमण कर दिया। योजना असफल हो गई।

प्रतापपुरा तथा खेड़ा जिला के अंगेर गांव को योजना में महत्वपूर्ण भाग लेने तथा क्रांतिकारियों को शरण देने के अपराध में जलाकर खाक कर दिया गया। 6 जुलाई, 1857 को दाहोद में विद्रोह फूटा। दाहोद की तरह गोधरा में भी विद्रोह हुआ। क्रांतिकारी नेता भाऊ साहब पंवार ने, पंच महाल के भाग में नायकड़ों को विद्रोह के लिए प्रेरित किया।

खेड़ा जिले में, आणंद से 10 मील दूर एक गांव खानपुर है। जीवा भाई ठाकोर इस क्षेत्र के विद्रोहियों का नेता था। जीवा भाई को आणंद के मुखिया गरबड़दास और उनके साथियों का पूरा-पूरा सहयोग प्राप्त था। जीवा भाई ने लगभग दो हजार जुझारू क्रांतिकारियों की एक सेना तैयार की थी, जिसमें कोली, भील, नायकडे तथा सिबंदी शामिल थे।

बड़ौदा स्थित, कंपनी सेना के घुड़सवारों ने अचानक हमला किया। क्रांतिकारी सेना बिखर गई। जीवा भाई ठाकोर को गिरफ्तार करके फांसी दे दी गई। इन दिनों ब्रिटिश सेना का एक कैम्प आणंद के एक गांव लोटिया भागोल में था। आणंद के मुखिया गरबड़दास ने एक रात कंपनी सैनिकों के हथियार उठा लिए, जब वे सो रहे थे। बाद में गरबड़दास और उसके साथियों को अंग्रेज़ों ने गिरफ्तार कर लिया। गरबड़दास को आजीवन कारावास की सजा सुनाई गई और उसे अड़मान भेजा गया तथा उसके साथियों को गोली से उड़ाया गया। रेवा कांठी एजेंसी के भरुच के मुसलमानों ने भी विद्रोह किया। नानोद के सैयद मुराद अली ने भी सशक्त विद्रोह किया। महीकांठा एजेंसी में ईडर चन्दप (चौडॅप) नाम का गांव था। इस गांव के पटेल नाथा जी और यामा जी थे। इस गांव में कोली जाति के लोग बसते थे। उन्होंने विद्रोह किया तो 17 अक्तूबर, 1857 को, अंग्रेज़ समर्थक राजा गायकवाड और ईडर के राजा की सेनाओं की मदद से मेजर एन्ड्रयूज तथा मेजर कारमेक ने गांव को घेर लिया। जब अंग्रेज़ों की सेना गांव में घुसी तो पूरा गांव खाली था, क्योंकि विद्रोही गांव छोड़कर पर्वतीय क्षेत्र में चले गए थे, जहां से उन्होंने तीन महीने तक संघर्ष किया।

इसी तरह का एक कोली विद्रोह गायकवाड़ी राज्य के मेहसाणा जिले के खेरालु, वडनगर और बीजापुर गांवों में भी हुआ। खेड़ा जिले के मोहन पुरा

गांव में करीब तीन हज़ार कोली विद्रोहियों ने 21 अक्तूबर, 1857 को विद्रोह किया। महाराजा बड़ौदा अंग्रेजों के स्वामी भक्त थे। परन्तु वहां की जनता की सहानुभूति क्रांतिकारियों के साथ थी। बड़ौदा में एक बार क्रांति हिलोरे तब लगी, जब तात्यां टोपे छोटा उदयपुर तक पहुंच गए। छोटा उदयपुर में क्रांतिकारी हार गए। इस हार के बाद तात्यां टोपे 15 दिन तक पंच महाल में रुके। ब्रिगेडियर पार्क से पराजित होने पर तात्यां ने अपनी सेना को दो भागों में बांट दिया। एक भाग का नेतृत्व स्वयं अपने हाथ में रखा तथा दूसरे का नेतृत्व फिरोजशाह को सौंप दिया। फिरोजशाह के नेतृत्व वाली क्रांतिकारी सेना ने कुछ स्थानों पर अंग्रेज़ी सेना को चुनौती दी। तात्यां स्वयं खेडा पंच महाल तथा महीकांठा के दरबारों से संपर्क बनाए रहे और उन्हें ब्रिटिश शासन को उखाड़ फेंकने के लिए प्रेरित करते रहे। तात्यां नडियाद के बिहारीदास के घर छिपे रहे और वहीं से क्रांतिकारियों को सुझाव देते रहे। अंग्रेजों ने तात्या टोपे को प्रश्रय देने के कारण बिहारीदास की समस्त भू-संपत्ति जब्त कर ली। इस दौरान गोधरा, लीम्बड़ी, पिपलोद, डूंगरी झालोद आदि में विद्रोही क्रांतिकारी सेनाएं उपद्रव मचाकर अंग्रेज़ों की नींद उड़ाती रही।

दक्षिण भारत में क्रांति की लपटें

कुछ इतिहासकारों ने कहा है कि दक्षिण भारत में सन् 1857 की क्रांति की लपटें नहीं पहुंची थीं और दक्षिण भारत क्रांति से अछूता और अलग-थलग ही रहा है। परन्तु इतिहास बताता है कि दक्षिण में भी अंग्रेज़ों ने राज्यों को हड़पा तथा वहां भी ज़मीनें जब्त की गई। लोगों को आर्थिक बदहाली में धकेला गया तथा उनका धर्म परिवर्तन करके ईसाई बनाने की प्रवृत्ति दक्षिण में भी थी। दक्षिण भारत में क्रांति पूर्व के जन-जागरण एवं उसे संयोजित करने का कार्य, नाना साहब ने रंगोजी बापू को सौंपा था। सन् 1854 में लंदन से भारत लौटने के बाद श्री रंगोजी बापू जी-जान से दक्षिण भारत में स्वधर्म व स्वाधीनता की चेतना जगाने में जुट गए थे। उनके अथक प्रयत्नों का ही परिणाम था कि महाराष्ट्र, कर्नाटक, केरल, तमिलनाडु तथा आंध्र के लोगों में राजनीतिक जागृति आई और वहां की जनता स्वधर्म व स्वाधीनता की रक्षा में, कंपनी सरकार के विरुद्ध खड़ी हो गई।

सतारा, नरखेड, मैसूर, गंजम, विशाखापट्टनम, मद्रास, जमखिन्डी, बिजापुर, बेलगांव, कडप्पा करबूल, नेल्लोर, पाण्डुचेरी, कडलोर उत्तर अर्काट सेलम, मदुराई, कोयम्बतूर, गुन्टूर, बंगलौर, सावंतवाडी, कारवार, कोल्हापुर, मुम्बई, हलगल (कर्नाटक), खानदेश, नासिक-अहमदनगर पेठ, त्र्मबकेश्वर, शोरपुर, मालखेड़ नरगुन्द, कोप्पल, बीड, भालकी इत्यादि क्षेत्रों में क्रांति की लपटें पहुंची।

नाना साहब के संदेशवाहकों का संपर्क दक्षिण के महत्वपूर्ण लोगों से बना हुआ था। कोल्हापुर के कमिश्नर ग्राउंड जेकब ने एक रपट 21 मार्च, 1857 को बम्बई सरकार को भेजी थी : "27वीं पलटन कोल्हापुर, 29वीं बेलगांव व धारवाड़ स्थित 28वीं, पैदल सेना के सैनिकों में संपर्क बना हुआ था। इस संगठन के पीछे कोल्हापुर राजा के छोटे भाई चीमा साहब की प्रेरणा थी। चीमा साहब का सीधा सम्बन्ध नाना साहब पेशवा से था। उनका एक दूत चीमा साहब के लिए जडाऊँ तलवार लाया था। नाना साहब का एक दूत जो चीमा साहब के पास पहंचा

था. उस ने दक्षिण के केन्द्रों को संपर्क किया था और अंत में वह मैसूर आया था। उसने इस समय तक 40 विभिन्न पलटनों से सहयोग प्राप्त कर लिया था।"

दक्षिण भारत में रुहेला पठानों का भी एक सैनिक संगठन था। उसकी ओर से क्रांति के सम्बन्ध में एक सार्वजनिक घोषणा-पत्र जारी किया गया था कि वे नाना साहब के सेवक हैं। बीड़ में 1859 में जो विद्रोह की योजना बनी थी, वह भी राजा सतारा व नाना साहब के नाम पर ही बनी थी। शंकर आत्माराम नामक सैनिक को 150 विद्रोही सैनिक इकट्ठा करने की ज़िम्मेदारी सौंपी गई थी।

स्पष्ट है कि नाना जी पेशवा पूरी तरह दक्षिण भारत से भी अपना संपर्क बनाए हुए थे। नाना साहब के नेपाल चले जाने के बाद दक्षिण भारत में क्रांति की मशाल उठाए रखने की ज़िम्मेदारी राव साहब पेशवा ने संभाल ली थी। सरकारी तंत्र ने एक बार तो उन्हें रनसिंगी नामक स्थान पर गिरफ्तार भी कर लिया था, परन्तु वे छूट कर निकल भागे। दक्षिण के अनेक प्रभावशाली व्यक्तियों से राव साहब का संपर्क था। आंध्र के निर्मल नामक नगर में वे व्यंकटराव नामक व्यक्ति के यहां ठहरे थे, जो चालीस गांवों का मक्तेदार (रेवेन्यू कलेक्टर) था। बाद में व्यंकटराव का सम्बन्ध, राव साहब पेशवा से होने की जानकारी पर, निज़ाम ने जो अंग्रेज़ों का पिठू था, व्यंकटराव की मक्तेदारी छीन ली थी। सन् 1857 में अंडमान के 800 निर्वासितों में से अब तक जिन क्रांति वीरों के नाम प्रकाश में आए हैं, उनमें 250 से अधिक दक्षिण भारत के हैं।

भाग - चार

पराजय का दौर

1857 की क्रांति से तार

"गूंज उनकी ही आज भी फिजाओं में जिंदा
जिनके सिर काट हवाओं में उछाल होंगे।"

दिल्ली फिर पराधीन

11 मई, 1857 को क्रांतिकारी सैनिकों ने दिल्ली पर कब्जा कर लिया। दिल्ली से सब अंग्रेज़ भाग गए। सैनिकों ने बहादुरशाह ज़फ़र को हिन्दुस्तान का बादशाह घोषित किया। बहादुरशाह ज़फ़र की आयु उस समय लगभग 82 वर्ष थी। उसमें संकल्प की कमी थी। वह न तो विजय-अभियान का कोई प्रबन्ध कर पाया न वह सैनिकों की सही व्यवस्था ही कर सका।

राज परिवार के सदस्यों में मतभेद उभर रहे थे, परस्पर विरोध और वैर-भाव उभरकर सामने आ रहे थे। क्रांति करने वाले सैनिकों की ठीक ढंग से भोजन व्यवस्था भी नहीं हो पा रही थी, अतः विवश होकर उन्हें लूट-मार का सहारा लेना पड़ा, जिससे दिल्ली की जनता त्रस्त हो गई।

दिल्ली पर विद्रोही सैनिकों द्वारा कब्जा किए जाने के बावजूद, अंग्रेज़ों ने इस विद्रोह को देशभर में कुचलने के लिए ठंडे दिमाग़ से विचारना प्रारंभ किया। उस समय अंग्रेज़ शासकों के पास लार्ड कैनिंग, कमांडर-इन-चीफ सर हेनरी लारेंस, गवर्नर संयुक्त प्रांत और सर जोन्स लारेंस गवर्नर पंजाब जैसे साहसी और कुटिल प्रशासक थे, जो क्रांति से घबराए नहीं बल्कि तेजी से कुशलतापूर्वक इस विद्रोह को दबाने की योजना में जुट गए।

अंग्रेजों ने हिन्दू-मुसलमानों को परस्पर लड़ाने की योजना बनाई। वे सिक्ख और गोरखा राजाओं को अपनी ओर मिलाने में सफल रहे और राजपूत शासक तटस्थ रहे। महाराजा पटियाला और जींद ने मुगल बादशाह बहादुरशाह की अपील ठुकरा कर अपनी सेनाएं अंग्रेज़ों को सौंप दी। धन के अभाव में क्रांतिकारियों की स्थिति बहुत खराब हो गई थी। बादशाह बहादुरशाह ज़फ़र बराबर खुदा से प्रार्थना करता रहा :

"दुश्मन अब हर तरफ हुजूम आवुर्द
या अलीये वली बराये खुदा

फौजे गैबी पये मदद बेफिरस्त

अजतु ख्वाहद हमीं जफर व दुआ।"

अर्थात्

दुश्मन ने प्रत्येक दिशा से घेर लिया है

हे इमाम हजरत अली परमात्मा के वास्ते,

सहायतार्थ दैवी सेना भेज।

जफर की तुझसे यही गुजारिश है।

दिल्ली में उपद्रव शुरू हुए बहुत दिन गुज़र गए। जून गुज़र गया, जुलाई आ गई फिर भी अंग्रेज़ों के हाथ में दिल्ली नहीं आ रही थी। अंग्रेज़ पहाड़ी पर दिल्ली के बाहर तम्बू में रह रहे थे। कलकत्ता से, विलसन को दिल्ली में संदेश भेजा गया, "दिल्ली पर जल्दी हमला करें, वरना स्थिति और बिगड़ जाएगी।"

ब्रिगेडियर जोंस की छटी पलटन पर विलसन की उम्मीद टिकी हुई थी। कैप्टन हेनरी डेली पंजाब से टुकड़ी लेकर दिल्ली पहुंचा। उसके घुड़सवारों ने कमाल किया, चार सौ अस्सी मील का फासला सिर्फ बीस दिन में पार करके दिल्ली पहुंच गए। विलसन की राय थी कि दिल्ली से हटकर अन्य क्षेत्रों में युद्ध किया जाए, इसके विपरीत मेजर बेअर्ड स्मिथ ने कहा, "दिल्ली कोई मामूली शहर नहीं है, बल्कि देश की राजधानी है अगर हम दिल्ली छोड़ देंगे तो गलत संदेश जाएगा। लोग समझ जाएंगे कि विद्रोही सैनिकों ने अंग्रेज़ों को राजधानी से भगा दिया है। इस बात पर पूरे देश में बगावत हो जाएगी।"

विलसन ने स्मिथ की बात मान ली। कुछ दिन गुजरने के बाद, 14 अगस्त 1857 को ब्रिगेडियर जनरल जान निकल्सन पंजाब की पलटन लेकर दिल्ली पहुंचा। दिल्ली शहर की सुरक्षा दीवार से आधे मील की दूरी पर हिन्दूराव की हवेली बसाई गई थी। विलसन ने अपनी तोपें इसी हवेली में लाकर रखी। निकल्सन ने एक पत्र पेशावर के कमिश्नर हर्बर्ट एडवर्ड्स को लिखा। जिसमें उसने लिखा था :

"इन लोगों की यह मजाल कि हमारे लोगों पर हाथ उठाएं? ये सब जंगली लोग हैं। मैंने सुना है कि हमारी सरकार इन लोगों को पेड़ पर लटका कर फांसी दे रही है। मेरी राय है कि इन गुनहगारों को यह सजा कुछ भी नहीं है। मैं इन बदमाशों की खाल छुरी से उधेड़ना चाहता हूं। उनको जिंदा जलाना चाहिए। अगर मुझे इजाजत मिले तो मैं पीछे नहीं हटूंगा।"

एडवर्ड्स ने यह पत्र कलकत्ता मुख्यालय भेज दिया। कलकत्ता मुख्यालय ने फैसला किया कि दिल्ली की मुहिम की कमान निकल्सन को सौंपी जाए। निकल्सन को आदेश प्राप्त होते ही, हिन्दूराव हवेली की तो दिल्ली की ओर आग उगलने लगी। बहादुरशाह ज़फ़र ने खुद अपने हाथों से एक खत जयपुर, जोधपुर, बीकानेर, अलवर, ग्वालियर आदि के राजाओं को लिखकर उनसे अनुरोध किया कि "आप लोग आकर इस क्रांति को संभालिए।" लेकिन कोई नरेश दिल्ली के बादशाह की मदद को न आया। कंपनी के पास उस समय साढ़े तीन हजार अंग्रेज़, पांच हज़ार सिख, गोरखे और पंजाबी, ढाई हजार कश्मीरी सेनानी थे। जींद और पटियाला के महाराजा स्वयं तथा उनकी सेना भी अंग्रेजों की सहायता के लिए दिल्ली में थी। कंपनी के स्वामी भक्त भारतीय सैनिक भी अपनी जान की बाजी लगाकर अपनी वीरता साबित करने को तैयार थे।

उस समय हडसन नामक व्यक्ति दिल्ली में जासूसी विभाग का प्रमुख था, इसने शहर में कई विश्वासघाती भेदी पैदा कर दिए थे, जो बादशाह और क्रांतिकारियों के विरोध में कार्य करते थे। इनमें मुख्य था बादशाह बहादुरशाह ज़फ़र का समधी मिर्जा इलाही बख्श और अंग्रेज़ कैंप में जासूसी विभाग का कर्मचारी मुंशी रज्जब अली। मिर्जा इलाही बख्श सदा बहादुरशाह ज़फ़र के साथ रहता था और किले की तमाम खबरें और योजनाओं की सूचना मुंशी रज्जब अली के माध्यम से अंग्रेज़ों को देता था। इस तरह कंपनी का हौसला बढ़ गया और उसने पूरी ताकत से दिल्ली पर आक्रमण करके उसे कब्जाने की तैयारी कर ली। 14 सितंबर, 1857 को कंपनी की सेना ने चारों तरफ से दिल्ली पर आक्रमण कर दिया, क्योंकि दिल्ली का ताज और तख्त प्रतिष्ठा का तख्त था। अंग्रेज़ी सेना ने चार भागों में विभाजित होकर दिल्ली पर हमला किया। अंग्रेज़ी सेना ने तीन भागों में विभाजित होकर कश्मीरी दरवाज़े से हमला किया। एक भाग ने मेजर रीड के नेतृत्व में काबुली दरवाज़े से हमला किया। सूर्योदय होते ही मेजर रीड के तोपची गोले बरसाने लगे, शाम होते ही अंग्रेज़ों का तोपखाना पूरी तरह शांत हो गया। निकल्सन के नेतृत्व में सेना ने कश्मीरी गेट से जोरदार आक्रमण कर दिया। कश्मीरी गेट के बुर्ज टूट गए। इन टूटे हुए बुों से ही अंग्रेजी सेना ने दिल्ली में प्रवेश किया। इधर फिरंगी सेना आगे बढ़ने लगी, उधर क्रांतिकारी सैनिकों की तोपें गरजने लगीं। अंग्रेज़ी सेना के शव धड़ाधड़ गिरने लगे फिर भी कुछ अंग्रेज़

सैनिक परकोटे को पार कर गए। फिरंगी सैनिकों के मरने के बाद भी उनके उत्साह में कमी नहीं आई। उन्होंने कश्मीरी गेट बुर्ज को और चौड़ा कर दिया। उसी मार्ग से अंग्रेज़ी सेना बड़ी संख्या में दिल्ली में प्रवेश कर गई। इस तरह दिल्ली के परकोटे पर अंग्रेज़ी फौज का कब्जा हो गया।

फिरंगी फौज के तीसरे भाग के लेफ्टिनेंट साल्डकैट और होम ने कश्मीरी गेट के दरवाज़े में बारुदी सुरंग बिछाने की कोशिश की, विद्रोही सैनिकों ने उन पर गोली बरसानी शुरू की, क्रांतिकारियों ने कश्मीरी गेट के पास बना लकड़ी का पुल उड़ा दिया। वहां पुल की जगह लकड़ी के फट्टे ही रह गए। इस विस्फोट से कई फिरंगी सैनिक मारे गए, लेफ्टीनेंट साल्डकैट को भी गोली लग गई। तभी फिरंगी सैनिक बारुदी सुरंग बिछाने में सफल हो गए। पूरा कश्मीरी गेट धड़ाम से ढह गया। कर्नल कैम्पवेल सहित हजारों सैनिक दिल्ली में घुस गए। सेनापति मेजर रीड के साथ अंग्रेज़ी फौज का चौथाई हिस्सा दाईं ओर से काबुली गेट पर चढ़ आया। सब्जी मंडी पर इसकी क्रांतिकारियों से मुठभेड़ हो गई। इस संघर्ष में मेजर रीड मारा गया, जिससे फिरंगी सेना में भगदड़ मच गई। तभी, होम ग्रांट की सेना ने किशनगंज में घमासान युद्ध शुरू कर दिया। दोनों ओर से भयंकर युद्ध हुआ। क्रांतिकारी अंग्रेज़ी सेना को आगे बढ़ने से रोक रहे थे और अंग्रेज़ी सेना पीछे हटने को तैयार न थी, क्योंकि उस स्थिति में क्रांतिकारी तोपें छीन लेते। अंग्रेज़ी सैनिक धड़ाधड़ मर रहे थे। फिर भी अंग्रेज़ी सैनिक मोर्चे पर डटे हुए थे। अंग्रेज़ी सैनिक भी भारतीय ही थे, जो फिरंगी सेना की ओर से लड़ रहे थे।

अंग्रेज़ी सेना के अन्य तीन भाग दिल्ली में प्रवेश कर चुके थे। हर तोप पर फिरंगी फौज अधिकार करती और हर खम्बे पर यूनियन जैक (अंग्रेजों का झंडा) लहराती जाती। 'मारो फिरंगियों को' जय घोष करते हुए क्रांतिकारी, अंग्रेज़ी सेना से लड़ रहे थे। एक पतली गली में सेनापति निकल्सन घमासान संघर्ष में फंस गया। सेनापति निकल्सन का सिर धड़ से अलग एक विद्रोही सैनिक की तलवार के एक ही वार से हो गया।

कर्नल कैम्पवेल का फौजी दस्ता, जामा मस्जिद के सामने क्रांतिकारी सेना से बुरी तरह हार गया। स्वयं कैम्पवेल बुरी तरह जख्मी हो गया और मैदान छोड़कर भाग गया। संघर्ष का यह पहला दिन था। अंग्रेज़ फौज के चार में से तीन सेनापति मारे जा चुके थे। 16 अफसर और 1104 सैनिक

एक दिन के संघर्ष मारे गए। इस पर भी दिल्ली के एक चौथाई भाग पर ही अंग्रेज़ों का कब्जा हो पाया। चिंता और भय से विलसन और उसके अफसरों के होश उड़ गए। उसने वापिस लौटने की सोची. परन्त फिरंगी फौज ने पीछे हटने के प्रस्ताव की सहमति नहीं दी। "आज 14 सितंबर को जहां है उससे आगे बढ़ना है" फिरंगी सैनिकों ने कहा। अंग्रेज़ों की सेना में मतभेद तो था, परन्तु अनुशासन बहुत था। क्रांतिकारी सेना में अनुशासन की कमी थी और वे अपनी-अपनी मनमानी कर रहे थे। कुछ क्रांतिकारी मोर्चा छोड़कर चले गए, कुछ लड़ते रहे। परन्तु फिरंगी सेना अनुशासन से लड़ती रही। 19 सितंबर तक दिल्ली का तीन चौथाई हिस्सा अंग्रेज़ी सेना के कब्जे में दुबारा आ गया। 19 सितंबर की रात को, बादशाह बहादुरशाह ज़फ़र का सेनापति बख्त खां, बादशाह से मुलाकात करने लाल किले में गया। उसने बादशाह को हिम्मत दिलाई और कहा, "**दिल्ली हाथ से निकल जाने के बाद भी हमारा कुछ ज़्यादा नहीं बिगड़ा है। तमाम मुल्क में आग लगी हुई है। आप अंग्रेज़ों से हार न कबूलें। आप मेरे साथ दिल्ली से निकल चलिए। कई दूसरी जगह दिल्ली की बनिस्पत ज़्यादा अहमहियत रखती है। किसी भी जगह जमकर हमें जंग जारी रखनी चाहिए...इंशा अल्लाह फतह हमारी होगी।**"

बख़्र खां के मशवरे से बादशाह सहमत थे। उन्होंने बख्त खां से सुबह आने को कहा। जब बख़्र खां में और बादशाह में बातचीत हो रही थी। उस वक्त बादशाह का समधी और अंग्रेज़ों का जासूस इलाही बख्श उनकी बात सुन रहा था। अंग्रेज़ों ने इलाही बख्श से कह रखा था कि तुम इस बात का खास ध्यान रखना कि बहादुरशाह दिल्ली से बाहर न जाने पाए और किसी भी सूरत से उसे रोके रखना। अंग्रेजों ने इस विश्वासघात के लिए इलाही बख्श को इनाम की बड़ी रकम देने का वायदा किया था।

उधर बादशाह की बेगम जीनत महल ने इलाही बख्श के माध्यम से रिश्वत पहुंचाकर हडसन से बादशाह के, अपने तथा बेटे के जीवनदान का आश्वासन प्राप्त कर लिया था।

सेनापति बख्त खां जैसे ही बहादुरशाह ज़फ़र से बात करके गया, तुरन्त इलाही बख्श ने बहादुरशाह ज़फ़र को समझाया, "**क्रांति के सफल होने की अब कोई उम्मीद नहीं हो सकती। बख़्र ख़ां के साथ जाने में आपको सिवाय**

तकलीफ और नुकसान के कुछ हासिल न होगा, अगर आप यहां रह जाएंगे तो मैं वादा करता हूं कि मैं अंग्रेज़ों से मिलकर सुलह सफाई करा दूंगा। आप पर और कुनबे के रिश्तेदारों पर कोई आंच नहीं आएगी।"

बहादुरशाह जफर ने समधी इलाही बख्श की सलाह मान ली। अगली सुबह सूरज निकलने से पहले ही सेनापति बख्त खां के आने से पहले ही 20 सितंबर, 1857 को बादशाह बहादुरशाह ज़फ़र और बेगम जीनत महल ने लाल किला छोड़कर हुमायूं के मकबरे में जाकर पनाह ली। सेनापति बख्त खां को वहीं मिलने को बुलाया गया। हुमायूं के मकबरे की पूरब की तरफ बख्त खां की फौज ने डेरा डाला हुआ था। बख्त खां पूर्वी द्वार से ही बहादुरशाह जफर से मिलने आया। एक बार फिर बख्त खां ने बहादुरशाह जफर को समझाकर साथ चलने को कहा। बहादुरशाह ने बख़्श खां के साथ जाने का मन भी बना लिया, लेकिन जब मिर्जा इलाही बख़्श ने बाजी पलटती देखी, तो उसने बख्त खां के सामने ही बहादुरशाह जफर को कहा कि "बख्त खां पठान है, इसलिए वह मुगलों से अपनी कौम का पुराना बदला लेना चाहता है और आपको धोखे से फंसाना चाहता है।"

इस बात पर बख़्त खां और इलाही बख्श में इतना झगड़ा हुआ कि बख्त खां ने तलवार खींच ली। तब बहादुरशाह जफ़र ने बीच में पड़कर दोनों को शांत किया। बादशाह बहादुरशाह जफर ने अपने समधी इलाही बख्श की सलाह को ही माना, उसे क्या पता था कि वह अंग्रेज़ों के हाथों बिका हुआ जासूस है। बख्त खां के जाते ही, इलाही बख्श पश्चिमी दरवाजे से बाहर आ गया और उसने अंग्रेज़ों को इशारा कर दिया। कप्तान हडसन वहां सवार लेकर पहले से खड़ा था। वह तुरन्त सिपाहियों को लेकर बहादुरशाह ज़फ़र को गिरफ्तार करने पहुंच गया। जब बहादुरशाह ज़फ़र को पता चला कि उसे गिरफ्तार किया जा रहा है तो उसने विश्वासघातक मिर्जा इलाही बख्श को गुस्से से देखकर कहा, "इसीलिए तुमने मुझको बख्त खां के साथ जाने से रोका था?" इलाही बख्श ने कुछ नहीं कहा।

हुमायूं के मकबरे में हथियार सौंपने से पहले बादशाह ने हडसन से पछा: "क्या हडसन बहादुर तुम्हीं हो और क्या तुम दूत द्वारा दिया हुआ वायदा दोहराओगे?"

हडसन ने उत्तर दिया, "हां! कंपनी सरकार का वायदा है कि अगर आप खामोशी से गिरफ्तारी देंगे, तो आपकी, जीनत महल की और उसके बेटे की जान बख्श दी जाएगी।"

क्रांति को लेकर बेगम जीनत महल का आचरण भी शक के घेरे में है। कुछ इतिहासकार मानते हैं बेगम जीनत महल भी गुप्त रूप से युद्ध के भेद अंग्रेज़ों को पहुंचाती रही। जीनत महल को हकीम एहसनुलूलाई तथा मिर्जा इलाही बख्श ने शहजादा जवा बख्त को वली अहद बनवाने का वायदा देकर अंग्रेजों के पक्ष में खींच लिया था। 21 सितंबर, 1857 में बहादुरशाह ज़फ़र को गिरफ्तार करके, बेगम जीनत महल और बेटे जवाबख्त के साथ पालकी में लाकर लालकिले में कैद कर दिया। बहादुरशाह और जीनत महल को तो गिरफ्तार करके लालकिले ले आए, लेकिन बहादुरशाह के दो बेटे : मिर्जा मुगल और मिर्जा अखजर सुल्तान और एक पोता मिर्जा अबूबकर हुमायूं के मकबरे में ही रह गए थे। उनके वहां होने की सूचना इलाही बख्श ने हडसन को दी। हडसन दोबारा मक़बरे में गया। उसने तीनों शहजादों को गिरफ्तार कर लिया। उस वक्त इलाही बख्श साथ था, उसने शहजादों को भरोसा दिया, "तुम्हारा कुछ न बिगड़ेगा मैं तुम्हारे साथ हूं।"

तीनों शहजादों को बग्घी में बिठाकर शहर की तरफ लाया गया। जब शहर एक मील रह गया तो कलकत्ता गेट (वर्तमान दिल्ली गेट) के पास हडसन ने सवारों को रोका, तीनों शहजादों को बग्घी से उतारा। उनके कपड़े उतरवाए और फिर अचानक एक सिपाही के हाथ से बन्दुक लेकर तीनों को गोली मार दी। तीनों शहजादे '**हाय दगा**' कहकर वहीं ढेर हो गए। फिर हडसन ने शहजादों के सिर काटकर उनका चुल्लुभर खून पीया तथा शहजादों के सिरों को एक थाल में रखकर उन पर रेशमी कपड़ा ढककर बहादुरशाह के पास लाया। उसने थाल से कपड़ा हटाकर बहादुरशाह से कहा, **"कंपनी की तरफ से यह आपकी नजर है, जो बरसों से बंद थी।"**

बहादुरशाह ने अपने शहजादों के कटे हुए सिर देखकर मुंह फेर लिया और कहा :

"अलहम्दोलिल्लाह! तैमूर की औलाद ऐसी ही सुर्खरु होकर बाप के सामने आया करती थी।"

इसके बाद वे सिर जिस दरवाज़े पर लटकाए गए, वह आज भी 'खूनी दरवाज़ा' (दिल्ली गेट, मौलाना आजाद मेडिकल कॉलिज के बाहर) कहलाता है। 27 जनवरी, 1858 से बहादुरशाह जफर, बेगम जीनत महल तथा शहजादे

जवां बख्त पर लालकिले में मुकदमा चलाया गया तथा 9 मार्च, 1858 को उन्हें देश निकाला की सजा मिली।

बहादुरशाह ज़फ़र, बेगम जीनत महल और शहजादे जवां बख्त को मागरा नामक जहाज से रंगून भेजकर कैद कर दिया गया। कैद में ही में 7 नवंबर, 1862 को बहादुरशाह ज़फ़र की मौत रंगून में हो गई।

रंगून भेजे जाने से पहले एक दिन, हडसन ने बहादुरशाह को एक शे'र लिखकर भेजा :

"दम दमे में दम नहीं, अब खैर मांगो जान की
ऐय जफर ठंडी हुई, शमशीर हिन्दुस्तान की"

82 वर्षीय बूढ़े बादशाह ने उसी काग़ज़ पर, नीचे लिख दिया :

"गाजियों में बू रहेगी, जब तलक ईमान की
तख्ते लंदन तक चलेगी, तेग हिन्दुस्तान की" ।

ईसाई धर्म के प्रचारक आर. मांटगुमरी, जो बाद में पंजाब का लेफ्टिनेंट गवर्नर हुआ। हडसन को उस वक्त जो पत्र लिखा था उससे अंग्रेज़ों का घटिया चरित्र झलकता है :

"प्रिय हडसन,

बादशाह को गिरफ्तार करने और उसके पुत्रों को मार देने के उपलक्ष्य में मैं तुम्हें और तुम्हारी घुड़सवार सेना को साधुवाद देता हूं। आशा है, तुम इसी तरह और भी अधिक व्यक्तियों को मौत के घाट उतारोगे।

जल्दी में हूं!

हमेशा तुम्हारा
आर. मांटगुमरी "

दिल्ली विजय की खुशी में कई दिन अंग्रेज़ सैनिक कत्लेआम करते रहे। चांदनी चौक में बादशाह के सभी लड़कों को फांसी पर चढ़ा दिया गया। दिल्ली में लश्करी कानून लागू किया गया। बहुत दिनों तक फांसी का सिलसिला जारी रहा। कुछ अंग्रेज़ अधिकारियों ने महसूस किया कि यह ज्यादती हो रही है। जान लॉरेंस ने गवर्नर जनरल लार्ड कैनिंग को लिखा :

"आजकल दिल्ली में आतंक फैला हुआ है। जो कुछ हो रहा है वह बिल्कुल

बेतुका है। मैं मानता हूं कि गुनहगारों को सजा होनी चाहिए। लेकिन हम हर रोज बेगुनाह लोगों को फांसी पर चढ़ाकर क्या हासिल करेंगे? सिर्फ बदले की खुशी। इससे जनता और सरकार का फासला बढ़ जाएगा। इससे भविष्य में बुरा असर हो सकता है।"

लार्ड कैनिंग ने यह पत्र पढ़कर फाड़ डाला। सन् 1858 के फरवरी में लश्करी कानून वापिस ले लिया गया। इस कानून को समाप्त किए जाने के पूर्व कुछ ही घंटों में चार सौ दिल्लीवासियों को गोली से भून दिया गया। दिल्ली के जनरल पेनी ने कहा, "अब थोड़ा बहुत हिसाब हो गया है।"

सन् 1857 में प्रथम स्वाधीनता संग्राम की बदौलत दिल्ली 132 दिन आजाद रही। 20 सितंबर, 1857 को दिल्ली पर दोबारा कब्जे के बाद भी अंग्रेज़ इतने भयभीत थे कि उन्होंने लालकिले के भीतर ही छावनी बनाने का फैसला किया।

कानपुर का पतन

कानपुर पर नाना साहब का अधिकार हो गया था। पुनः कानपुर पर धावा बोलने के लिए जनरल नील ने मेजर रिनार्ड तथा जनरल हैवलाक की कमान में इलाहाबाद से सेना भेजी थी।

जनरल हैवलाक अपनी विशाल सेना के साथ 10 जुलाई, 1857 को कानपुर के पास पहुंचा। नाना साहब ने स्वयं अपनी सेना की अगुवाई करके, हैवलाक का मुकाबला किया। किन्तु हैवलाक के तोपखाने के सामने, नाना का तोपखाना न टिक सका। नाना साहब ने दोबारा सैन्य शक्ति को मजबूत किया तथा हैवलाक को ललकारा। परन्तु दूसरी बार भी वह सफल न हो पाए। अंग्रेजों की ओर से सिख सैनिक लड़ रहे थे। 17 जुलाई को हैवलाक ने कानपुर में प्रवेश किया और शहर पर अंग्रेज़ों का दुबारा कब्जा हो गया। बाद में जनरल नील कुछ सैनिकों के साथ कानपुर पहुंचा। हैवलाक अपनी सेना के साथ, कानपुर से लखनऊ की ओर चला।

नाना साहब अब बिठूर छोड़कर अपने खजाने और कुछ सैनिकों के साथ गंगा पार करके फतेहगढ़ चले गए, उनके साथ उनके भाई बाला साहब और भतीजे राव साहब तथा सेनापति तात्यां टोपे भी थे।

तात्यां टोपे ने ग्वालियर जाकर वहां की सेना को क्रांति के लिए अपनी ओर मिला लिया। फिर उनकी मदद से कालपी को जीतकर कालपी को अपना मुख्यालय बनाया। इसके बाद तात्यां ने कानपुर पर फिर से कब्जा कर लिया। कानपुर पर क्रांतिकारियों का पुनः कब्जा होने की सूचना मिलने पर, सर कॉलीन कैंपबेल ने मुख्य सेनापति का भार संभाल लिया। कैंपबेल, लखनऊ से एक बड़ी सेना लेकर कानपुर की ओर चला। कानपुर पहुंचते-पहुंचते उसे शाम हो गई। गंगा नदी का पुल बचा हुआ था। कैंपबेल ने शहर में घुसकर देखा कि शहर में अंग्रेज़ों की कोठियों में आग लगी हुई है। यह आग तात्यां टोपे ने लगाई थी।

जब कैंपबेल लखनऊ से चला था तब उसके साथ जनरल हैवलाक भी था, जो उस समय बीमार था, तथा बीच रास्ते में ही उसकी मृत्यु 24 नवंबर, 1857 को हो गई।

कैंपबेल ने 6 दिसंबर, 1857 को कानपुर पर हमला किया। तात्यां टोपे को जब यह मालूम हुआ कि कैंपबेल नदी के पार पहुंच गया है, तो तात्या टोपे ने कैंपबेल के शिविर की दिशा में तोपें चलाई। कैंपबेल के तोपखाने का प्रमुख कैप्टन विलियम पॉल था, उसने भी जवाबी तो दागनी शुरू की। विलियम पॉल की तोपें, क्रांतिकारियों की तोपों के मुकाबले ज्यादा सशक्त और लम्बी थी। अतः क्रांतिकारियों की तोपें उसका सामना नहीं कर पा रही थी।

कैंपबेल की फौज में पांच हजार सिपाही और छह सौ घुड़सवार थे। इससे भी महत्वपूर्ण यह था कि उसके पास लंदन से आयात की हुई नई तकनीक की पैंतीस तोपें थी। 6 दिसंबर से लेकर 6 जनवरी तक तात्यां ने धीरज रखकर अंग्रेज़ों का सामना किया। 6 जनवरी, 1858 को कैंपबेल ने फतेहगढ़ पर विजय प्राप्त कर ली, कैंपबेल आसपास के सभी इलाकों पर पुनः विजय चाहता था। अतः उसने इस मुहिम की ज़िम्मेदारी लेफ्टिनेंट रॉबर्ट विंडाल्फ को सौंप दी। विंडाल्फ के सैनिक मासूम जनता पर गोली चलाने लगे। विंडाल्फ ने फतेहगढ़ से लेकर कानपुर तक फैले गांवों में आग लगा दी।

गंगा घाटी पर नियंत्रण पा लेने के बाद कैंपबेल रोहिलखंड पर कब्जा करना चाहता था। कैंपबेल ने फिर एक बार लखनऊ का रास्ता पकड़ा। लखनऊ जाने से पहले कैंपबेल ने दुबारा कानपुर पर कब्जा कर लिया था।

झांसी की पराजय

अंग्रेज़ सेनापति सर ह्यूरोज 6 जनवरी, 1858 को मऊ से सेना लेकर चला और 20 मार्च को झांसी पहुंचा। उस समय झांसी बुन्देलखण्ड के क्रांतिकारियों का गढ़ था।

अंग्रेज़ों की विशाल सेना देखकर, रानी लक्ष्मीबाई ने भी क्रांतिकारियों का नेतृत्व संभाल लिया और सेना को तैयार रहने का आदेश दिया।

24 मार्च, 1858 को झांसी की 'धन गरज' नामक तोप से पहला गोला छूटा। किले से अंग्रेज़ों को चुनौती थी।

25 मार्च को अंग्रेजों ने दिन और रात गोले बरसाए। 26 मार्च को अंग्रेज़ों ने किले के दक्षिणी फाटक पर इतनी गोली बरसाई कि झांसी की तोपें, शांत हो गई। तभी पश्चिम फाटक से तोपची गुलाम गौस खां ने अपनी तोप से इतने गोले बरसाए कि अंग्रेजों को पीछे हटना पड़ा। झांसी का संघर्ष आठ दिन चला। युद्ध के दौरान रानी लक्ष्मीबाई बड़ी फुर्ती से युद्ध संचालन करती रही और अपने सैनिकों को आदेश देती रही।

3 अप्रैल, 1858 को, अंग्रेज़ों की सेना ने जबर्दस्त हमला किया। लक्ष्मीबाई की सेना बहुत बहादुरी से लड़ी, परन्तु किसी विश्वासघातक देशद्रोही ने झांसी शहर का दक्षिणी फाटक खोल दिया, जिससे अंग्रेज़ों की सेना झांसी शहर में घुस गई और वह विजय प्राप्त करती हुई महल की ओर बढ़ने लगी।

3 अप्रैल की रात को रानी लक्ष्मीबाई ने सदा के लिए झांसी को छोड़ दिया। हथियार बांधे हुए मरदाना वेष में, अपने दत्तक पुत्र (गोद लिया) दामोदर राव को कमर से कसे हुए वह किले की दीवार पर से एक हाथी की पीठ पर कूदी। अपने प्यारे सफेद रंग के घोड़े पर सवार होकर, दस-पन्द्रह सहयोगियों के साथ कालपी की ओर चल पड़ी।

अंग्रेज़ों को जब रानी लक्ष्मीबाई के किले से बाहर निकलने की सूचना मिली तो लेफ्टिनेंट बोकर ने कुछ सैनिक सवार लेकर रानी का पीछा किया। आखिर में

बोकर रानी के करीब पहुंच गया। रानी ने फुर्ती से अपनी तलवार निकाली और उस पर वार किया। बोकर घायल होकर घोड़े से गिर गया। बोकर के सिपाही हारकर पीछे हट गए। रानी लक्ष्मीबाई सुरक्षित कालपी पहुंच गई। 102 मील सरपट दौड़ने के कारण रानी का सफेद घोड़ा कालपी पहुंचते ही गिरकर मर गया। कालपी में राव साहब (नाना साहब का भतीजा) तात्यां टोपे, बांदा का नवाब, शाहगढ़ और बानपुर के राजा और अन्य क्रांतिकारी नेताओं से रानी लक्ष्मीबाई की गुप्त मंत्रणा हुई, जिसमें उन्होंने अंग्रेज़ों से टक्कर लेने का संकल्प किया।

कालपी के क्रांतिकारियों ने सबसे पहले ग्वालियर के जयाजी राव सिंधिया से टक्कर ली, क्योंकि वह अपनी सेना लेकर क्रांतिकारियों से लडने अंग्रेजों के समर्थन में आ रहा था। अंत में. यद्ध में सिंधिया की हार हुई और वह आगरा की तरफ भाग गया। ग्वालियर, क्रांतिकारियों के कब्जे में आ गया। ग्वालियर की सेना ने पेशवा नाना साहब को तोपों की सलामी दी और पूरा राजकोष उन्हें सौंप दिया।

3 जून, 1858 को ग्वालियर के फूलबाग में बहुत बड़ा दरबार हुआ। उपस्थित जनता ने राव साहब (नाना साहब का भतीजा) को पेशवा स्वीकार किया। सैनिकों में 20 लाख रु. बांटे गए। कार्यक्रम के अन्त में तोपों की सलामी हुई। इसके बाद नाच गाने की महफिल जमी।

लक्ष्मीबाई ने राव साहब को सलाह दी कि हमें मनोविनोद में समय नहीं गंवाना चाहिए, बल्कि अपना ध्यान सैन्य शक्ति मजबूत करने में लगाना चाहिए। लेकिन राव साहब और अन्य नेताओं ने रानी की सलाह पर कोई ध्यान नहीं दिया। उस समय पुरुष मानसिकता काम कर रही थी। अमूल्य समय दावतों और उत्सवों में नष्ट किया गया। सर ह्यूरोज एक बड़ी सेना लेकर ग्वालियर पहुंच गया और राग रंग में मस्त क्रांतिकारियों पर आक्रमण कर दिया। क्रांतिकारी सेना का तात्या टोपे और लक्ष्मीबाई ने नेतृत्व संभाला, लेकिन सेना को हारकर पीछे हटना पड़ा। राव साहब जैसे ऐश परस्त नेता घबरा गए।

17 जून, 1857 को रानी लक्ष्मीबाई ने अपनी सैन्य शक्ति को इकट्ठा किया और अंग्रेज़ जनरल स्मिथ की सेना से जा भिड़ी। जनरल स्मिथ की सेना हारकर पीछे हट गई। 18 जून, 1858 को लक्ष्मीबाई अपनी दो सहेलियों मंदरा और काशी के साथ वार्तालाप कर रही थी। तभी सूचना आई कि जनरल स्मिथ और ह्यूरोज विशाल सेना लेकर आ गए हैं। लक्ष्मीबाई रणक्षेत्र में तुरन्त मर्दाना वेश

में आ गई। भयंकर युद्ध हुआ। अंग्रेज़ों की सेना भारी पड़ रही थी, फिर भी रानी बड़ी निर्भीकता से युद्ध भूमि में डटी रही।

अंत में रानी अपनी दोनों सहेलियों के साथ युद्ध मैदान में घिर गई। उसके साथ मुश्किल से पंद्रह-बीस सवार थे, तब रानी ने निश्चय किया कि दूसरी तरफ की क्रांतिकारी सेना के सहयोग से रणनीति बनाई जाए। वह अपने घोड़े पर सरपट भागी, अंग्रेज़ी सेना ने पीछा किया। रानी अपनी तलवार से मारकाट करती हुई दौड़ रही थी, तभी एक गोली उसकी सहेली मंदरा को लगी, उसकी तुरन्त मृत्यु हो गई। गोली चलाने वाले सैनिक का सिर लक्ष्मीबाई ने एक झटके से ही अपनी तलवार से काट दिया। रानी आगे बढ़ी लेकिन सामने नाला आ गया। रानी ने घोड़े को आगे बढ़ाया। घोड़ा नया था अतः वह नाला नहीं लांघ पाया, किनारे पर ही चक्कर काटने लगा। तब तक अंग्रेज़ सैनिक आ गए और रानी चारों ओर से घिर गई।

रानी लक्ष्मीबाई ने अकेले ही अंग्रेज़ सैनिकों का सामना किया, तभी एक अंग्रेज सैनिक ने पीछे से रानी के सिर पर वार किया। सिर का दाहिना हिस्सा अलग हो गया। दाहिनी आंख भी बाहर निकल आई। फिर भी रानी घोड़े पर बैठी हुई अपनी तलवार चलाती रही। इतने में एक वार उसकी छाती पर हुआ। सिर और छाती से खून के फौव्वारे छूट पड़े, फिर भी बेहोश होने से पहले रानी ने उस अंग्रेज़ सैनिक का सिर काट दिया, जिसने उसकी छाती पर वार किया था। शरीर से खून बहने के कारण रानी बेहोश हो गई और घोड़े पर ही लुढ़क गई, पर उससे पहले उसने सभी अंग्रेज़ सिपाहियों को समाप्त कर दिया। रानी के घोड़े पर लुढ़कते ही, उसका एक वफादार सेवक रामचंद्र राव वहां पहुंच गया। वह रानी को घायलावस्था में ही, पास ही स्थित बाबा गंगादास नामक साधु की कुटिया में ले गया। साधु गंगादास ने रानी को पानी पिला कर लिटा दिया। कुछ ही क्षणों बाद रानी के प्राण पखेरू उड़ गए।

रामचंद्र राव और साधु गंगादास ने कुटिया में ही चिता बनाई और कुटिया को ही अग्नि दे दी, क्योंकि रानी लक्ष्मीबाई ने कहा था कि उसके शरीर को अंग्रेज़ हाथ न लगाने पाएं। इस तरह स्वतंत्रता संग्राम की एक वीरांगना का अंत हो गया।

लखनऊ पुनः अंग्रेजों के हाथों में

14 नवंबर, 1857 से 24 नवंबर तक लखनऊ में अंग्रेज़ों तथा क्रांतिकारियों के बीच भयंकर संघर्ष हुआ। क्रांतिकारियों ने लखनऊ रेजिडेन्सी को घेर लिया। वहीं हेनरी लारेंस को तोप का गोला लगा, जिसमें उसकी मृत्यु हो गई। फरवरी 1858 में कर्नल कैंपबेल लखनऊ पहुंच गया। लार्ड कैंनिग ने उसकी सहायता के लिए कलकत्ता से काफी फौज भेजी। सिकंदर बाग में दोनों ओर की सेनाओं में भयंकर युद्ध हुआ। इस युद्ध में नेपाल के राजा जंग बहादुर के नेतृत्व में आई गोरखा सेना ने अंग्रेज़ों की बहुत मदद की। इसी समय ब्रिगेडियर एच. रोक्रापन्ट की सेना भी वहां आ पहुंची। इस वक्त अंग्रेज़ों की सेना में 17 हजार पैदल, 5 हजार घुड़सवार और 134 तोपें थीं। इस सेना में सिख और पंजाबी भी थे।

2 मार्च, 1858 को कैंपबेल लखनऊ के पास दिलखुश पहुंचा। कलकत्ते से आए सर जेम्स आउट्रम के सैनिक और क्रांतिकारियों के बीच आलमबाग में घमासान संघर्ष हुआ। आलमबाग में क्रांतिकारियों की लाशें बिछ गई। दिलखुश पर कब्जे के बाद कैंपबेल ने सेना को दो हिस्सों में बांटा। फौज के एक भाग को आउट्रम के नेतृत्व में सौंपा गया। आउट्रम गोमती पार करके इस्माईल गंज की ओर से होता हुआ फैजाबाद की ओर रवाना हुआ। आगे चलकर उसकी फौज ने रास्ता बदल लिया और 'चकोर कोठी' की ओर चल पड़ी। फौज के दूसरे भाग का नेतृत्व कैंपबेल ने स्वयं संभाला। वह पश्चिम दिशा की तरफ से कैसर बाग की ओर कूच कर गया। 9 मार्च, 1858 को वह चकोर कोटी पहुंचा।

कैंपबेल और आउट्रम की सेनाओं का मुकाबला अहमदशाह ने बहुत बहादुरी से किया। लखनऊ में आउट्रम ने उत्तर की तरफ से और कैंपबेल ने पूरब की तरफ से हमले शुरू किए। 6 मार्च से 15 मार्च तक दोनों सेनाओं में घमासान युद्ध हुआ। लेकिन भारतीय क्रांतिकारी सेना में नेतृत्व की कमी ने यहां एक बार पुनः अंग्रेज़ों को युद्ध जीतने का मौका दे दिया। दिलखुश बाग,

कदमरसूल, शाहनजफ, बेगम कोठी आदि सब मोर्चों पर अंग्रेज़ी सेना विजयी होती चली गई। अंग्रेज़ी सेना की लगातार विजय को देख बेगम हजरत महल, नवाब बिरजीस कद्र और मौलवी अहमदशाह तीनों लखनऊ से निकल गए। लखनऊ शहर पर अंग्रेज़ों का कब्जा हो गया। लखनऊ में अंग्रेजों ने जो नरसंहार किया, उसने चंगेज खां के अत्याचारों को भी मात कर दिया।

लेफिटनेंट माजेण्डी लिखता है कि **"लखनऊ के अन्दर उस समय के कत्लेआम में किसी तरह की तमीज नहीं की गई।"**

जो हाल दिल्ली शहर का हुआ था। वही हाल लखनऊ का भी हुआ। क्रांतिकारियों का सफाया हो जाने के बाद अंग्रेज़ सिपाहियों ने लूटमार शुरू की। वे अमीरों के मकानों में घुसकर संपत्ति लूटने लगे। अंग्रेज़ सैनिक जेबों में सोना-चांदी, हीरा-मोती भरने लगे। वे मालामाल हो गए। 21 मार्च, 1858 को अवध की राजधानी लखनऊ पर पुनः कंपनी सरकार का झंडा फहराने लगा। लंदन के समाचार पत्र 'टाइम्स' ने लिखा था :

"इस जीत के कारण आउट्रम और कैंपबेल के सिपाही मालामाल हो गए। उन्होंने केवल छह दिनों के भीतर साठ लाख रुपए कीमत की संपत्ति लूट ली।"

रूहेलखंड पर अंग्रेजों का पुनः कब्जा

कर्नल कैंपबेल ने लखनऊ पर विजय प्राप्त करने के बाद, रूहेलखंड की मुहिम की ज़िम्मेदारी ब्रिगेडियर वालपोल को सौंप दी। वालपोल सेना लेकर बरेली की ओर चल पड़ा। वह नौ दिन बाद रुईयां पहुंचा। वालपोल ने किले के प्रमुख द्वार पर हमला बोल दिया। परन्तु किले के तालुकदार ने पहले से ही अपने सिपाहियों को तैनात कर रखा था। किले के सिपाहियों ने अंग्रेज़ी सेना पर गोलीबारी प्रारंभ कर दी। इस संघर्ष में वालपोल के सौ सिपाही मारे गए।

वालपोल रुईयां में रुका था, तभी कर्नल कैंपबेल ने दूसरी पलटन के साथ बरेली में 5 मई को प्रवेश किया। बरेली के क्रांतिकारियों का नेतृत्व बहादुर खान कर रहा था, उसके पास कैंपबेल का मुकाबला करने की ताकत न थी। उसने बरेली छोड़ दी। रुहेलखण्ड के क्रांतिकारी चोरी छिपे अंग्रेज़ सैनिकों पर हमले करते रहे। कैंपबेल की अथक कोशिशों के बाद भी बहादुरखान पकड़ में नहीं आया। फैजाबाद में एक मौलवी अहमदुल्लाहशाह ने अंग्रेज़ सरकार के विरुद्ध विद्रोह कर दिया। मौलवी ने क्रांतिकारियों को ललकारा, “हम फिरंगियों को अवध से हटा देंगे। अवध की गद्दी पर बेगम के छोटे नवाब को बिठाएंगे।”

अवध की स्थिति को देखते हुए मौलवी ने अपना मुकाम रुहेलखंड छोड़कर शाहजहांपुर को बनाया। मौलवी अहमदुल्लाहशाह अब शाहजहांपुर से हमला करने लगा। अंग्रेज़ों ने मौलवी को गिरफ्तार करने की पूरी कोशिश की, परन्तु वह पकड़ में नहीं आया तो अंग्रेज़ों ने उसके सिर पर पचास हज़ार का ईनाम रखा। मौलवी अंग्रेजों के अलावा उनके समर्थकों पर भी हमला करता रहा। ‘पवयन सरदार’ अंग्रेज़ भक्त था इसलिए उसकी गढ़ी पर मौलवी ने अन्य क्रांतिकारियों के साथ धावा बोला। जागीरदार के सिपाहियों ने गोलीबारी शुरू कर दी। एक गोली मौलवी के गर्दन को पारकर निकल गई। मौलवी की तुरन्त मृत्यु हो गई।

जागीरदार ने अपने आदमियों से मौलवी का सिर कटवाया और शाहजहांपुर जाकर मजिस्ट्रेट के सामने उसे पेश किया। मौलवी के सिर की पुष्टि होने पर सरकार ने जागीरदार को पचास हजार का ईनाम दिया तथा मौलवी का सिर कोतवाली पर लटकाया गया।

मौलवी की हत्या के बाद रुहेलखंड में शांति छा गई। अंग्रेज़ सिपाहियों ने कैंपबेल और होप ग्रांट के नेतृत्व में पूरे अवध पर कब्जा कर लिया तथा बचे-खुचे क्रांतिकारी नेपाल चले गए।

बिहार की पराजय

कुंवरसिंह के जीते जी अंग्रेज़ बिहार में बुरी तरह पराजित होते रहे। कुंवरसिंह की मृत्यु के बाद उसका छोटा भाई अमर सिंह गद्दी पर बैठा। यह भी अपने बड़े भाई की भांति वीर और साहसी योद्धा था। जगदीशपुर का जंगली इलाका अंग्रेजों के लिए सिर दर्द साबित हो रहा था। अमर सिंह के क्रांतिकारी किसानों के पास बन्दूकें नहीं थी, परन्तु आज़ादी की लड़ाई में उन्होंने तलवारें उठा ली। अमर सिंह का मुकाबला करने के लिए मार्क केर ने एडवर्ड लुगर्ड को नियुक्त किया।

किसान जब लश्करी थाने पर हमला करते थे. तो वे सावधान रहते थे। क्रांतिकारियों के छापामार दस्तों के हमलों से लुगर्ड बहुत परेशान था। बाद में लुगर्ड की जगह ब्रिगेडियर डगलस को भेजा गया। जगदीशपुर के जंगलों में छिपकर अमर सिंह ने डगलस को बहुत परेशान किया जब कि ब्रिगेडियर डगलस के साथ सात हजार सैनिक थे। अमरसिंह के सिपाही शाम होते ही जंगलों से निकलकर लश्करी थाने पर हमला बोल देते थे। अमर सिंह के सिपाही जान हथेली पर लेकर लड़ रहे थे, क्योंकि उन्हें आभास था कि दुश्मन के फंदे में आने के बाद, उनका जीवन समाप्त है।

उनके सामने बहादुर खान की मिसाल मौजूद थी। बहादुर खान हमेशा सिपाहियों को एक ही बात कहता था, **"फिरंगी अधिक ताकतवर और हथियार बंद है उनके पास लम्बी दूरी तक मार करने वाली मैदानी तोपें हैं, इसलिए उनके सामने जाकर हमला मत करो। हमला हमेशा पीछे से किया जाएगा। दुश्मन को आराम करने का ज़्यादा मौका मत दो। बार-बार लड़ने से तंग आकर वे कमजोर हो जाएंगे।"**

अमर सिंह के किसानों को लड़ाई का अनुभव बिल्कुल नहीं था, परन्तु छापामार कार्यवाही से उन्होंने अंग्रेज़ों को बहुत नुकसान पहुंचाया।

अंग्रेज़ सेनापति डगलस ने जगदीशपुर के जंगल को उस वक्त घेरा जब अमर सिंह की सैन्य शक्ति कम थी और जो थी भी वह भी लगातार छापामार

युद्ध में बुरी तरह थक चुकी थी। लखनऊ, दिल्ली, कानपुर, झांसी, ग्वालियर अंग्रेज़ों के कब्जे में आ गए थे। अंग्रेज़ों की विजय का एक कारण यह भी था कि बहुत से देशी राजा अंग्रेजों के साथ थे। इस तरह से अमर सिंह लम्बे अर्से तक अंग्रेज़ों की सेना का सामना न कर सका और कैमूर की पहाड़ियों की ओर भाग गया तथा बिहार क्षेत्र पर भी अंग्रेज़ों का कब्जा दोबारा हो गया।

भाग - पांच

क्रांति विफलता - हमारे स्वार्थ

“जिनको न निज गौरव तथा
निज देश का अभिमान है
वह नर नहीं है, पशु निरा।
और मृतक समान है”

क्रांति की विफलता के कारण

सन् 1859 तक अंग्रेज़ों ने पुनः लगभग सारे भारत पर कब्जा कर लिया था। सन् 1857 का विद्रोह पीछे छूट गया। सन् 1856 में लार्ड कैनिंग गवर्नर जनरल बना वह लार्ड डलहौजी का उत्तराधिकारी था। लार्ड डलहौजी की कार्य प्रणाली से क्षुब्ध होकर भारत में क्रांति का सूत्रपात हुआ था। लार्ड कैनिंग ने सारा दुःखद काण्ड अपनी आंखों से देखा था। वह उन कुछ अंग्रेज़ों में एक था, जिन्होंने अपना आपा नहीं खोया था। उसने अन्य अंग्रेज़ों की भांति क्रूरता के भाव को बहुत अधिक अपने भीतर नहीं पनपने दिया। अंग्रेज़ी सरकार ने अपनी नीति को बदला। रजवाड़ों को हड़प करने की नीति कंपनी (ईस्ट इंडिया कंपनी) ने चलाई थी। इस नीति को लार्ड कैनिंग ने समाप्त कर दिया। इससे ऐसा वातावरण बना, जिसमें रजवाडों की मदद अंग्रेज़ों को मिलती रही। यह सभी बदलाव विद्रोह की समाप्ति के बाद आए। इंग्लैंड की महारानी ने भारत में ईस्ट इंडिया कंपनी के शासन की समाप्ति की घोषणा की। स्वयं इंग्लैंड की महारानी ने भारत का शासन संभाला, जिसकी घोषणा पहली नवंबर 1858 को भारत के पहले गवर्नर जनरल लार्ड कैनिंग ने की। 8 जुलाई, सन् 1859 को अंग्रेज़ी शासन ने हिन्दुस्तान में 'शांति स्थापना' की घोषणा की तथा 20 जुलाई 1859 को 'धन्यवाद' दिन के रूप में मनाया। 10 मई सन् 1857 से प्रज्ज्वलित क्रांति दीप 8 जुलाई 1859 को बुझ गया।

प्रश्न यह है कि यह क्रांति आखिर असफल क्यों हुई?

इसका उत्तर बहुत ही सरल है। 1857 की क्रांति, विश्वासघातियों के कारण असफल हो गई। हमारे देश में फूट, स्वार्थ, भ्रष्टाचार आदि अवगुण इतने समाए हैं, कि हमने देश को बेचने में भी कभी संकोच नहीं किया। राष्ट्रीय चरित्र का अभाव, अपने ही मालिक का वफादार न होना, अपना जमीर तक बेच देना, हमारी कमजोरियों में है। जान विलियम जो क्रांति के समय की घटनाओं का

चश्मदीद गवाह था। सन् 1868 में छपी अपनी पुस्तक (सिपाय वार इन इंडिया) में लिखता है, **"सच तो यह है कि हिन्दुस्तान में हमारी पुनर्स्थापना का सेहरा हमारे हिन्दुस्तानी समर्थकों के सिर जाता है, जिनकी हिम्मत और बहादुरी ने हिन्दुस्तान को अपने हमवतनों से छीनकर हमारे हवाले कर दिया।"**

लंदन के प्रसिद्ध अखबार 'द टाइम्स' ने अपने एक वरिष्ठ संवाददाता विलियम हारवर्ड रसेल को 1857 में सिपाही विद्रोह का हाल जानने के लिए भारत भेजा था। 9 मई, 1858 को लंदन के इसी अखबार में छपी रसेल की एक रिपोर्ट में बताया गया, **"दिल्ली की हमारी घेराबन्दी बिल्कुल नामुमकिन होती, अगर पटियाला और जींद के महाराजा हमारे मित्र न होते और अगर सिखों ने हमारी बटालियनों के लिए भर्ती नहीं की होती और पंजाब में वे खामोश नहीं बने रहते। लखनऊ के सिखों ने भी अच्छी सेवा की।"**

विद्रोह की असफलता का प्रमुख कारण इसकी पूरे भारत में व्यापकता का अभाव रहा। यह क्रांति पूरे भारत में एक साथ नहीं हो पाई। संपूर्ण दक्षिण भारत, पंजाब, राजस्थान, गुजरात, मध्य भारत और बंगाल पूरी तरह इस क्रांति में संलग्न न हो सके। क्रांति की असफलता का दूसरा मख्य कारण एक सनिश्चित संगठन योजना. नेतत्व एवं यद्ध नीति का अभाव रहा, क्रांति में जिन नेताओं ने भाग लिया, उनमें कोई भी योग्य सेनापति सिद्ध नहीं हुआ। बहादुरशाह ज़फ़र 82 वर्षीय बूढ़े थे, उनका शरीर जर्जर था। उनको देश की सत्ता सौंपी गई थी। अन्य नेता यथा नाना साहब, रानी लक्ष्मीबाई, कुंवर सिंह आदि अपने-अपने देशी राज्यों को ही मुक्त कराने में उलझे रहे और राष्ट्रीय स्तर पर कोई भी उभर कर नहीं आया।

क्रांति की असफलता का तीसरा मुख्य कारण किसी सशक्त, सर्वमान्य नेता की कमी रही। क्रांति देश के विभिन्न स्थानों पर, अलग-अलग नेताओं ने की परन्तु उनके बीच किसी प्रकार के समन्वय का सर्वदा अभाव ही रहा। अंग्रेज़ों को भारतीय रजवाड़ों के नरेशों की मदद से विद्रोह को दबाने में काफी सहायता मिली, पटियाला, ग्वालियर, हैदराबाद, जींद आदि के शासकों ने अंग्रेजों की अत्यधिक सहायता की और अफगान भी अंग्रेज़ों की सेना में भर्ती हो गए।

क्रांति का पूरे भारत में कोई पूर्व नियोजित कार्यक्रम नहीं था। इस कारण अधिकांश लोग इसकी प्रकृति व महत्व न जान सके। क्रांति के समय भारतीय

सैनिकों की संख्या अंग्रेज़ी सेना से सात गुनी अधिक थी, परन्तु भारतीय सैनिकों के पास अत्याधुनिक हथियार नहीं थे, वे तलवार, भालों आदि से युद्ध करते थे। अंग्रेज़ सैनिक नवीन राइफलों एवं तोपखानों से सुसज्जित थे। क्रांति के नेताओं ने 31 मई सन् 1857 का दिन क्रांति के लिए निर्धारित किया था, परन्तु उत्तेजनावश 10 मई 1857 को मेरठ के क्रांतिकारियों ने युद्ध का शुभारंभ कर दिया जो असफलता का प्रमुख कारण बना, क्योंकि देश के बाकी क्रांतिकारी उस दिन तैयार नहीं थे। भारत में लार्ड हार्डिंग द्वारा जारी टेलीग्राफ का प्रयोग तथा रेलगाड़ी ने भी अंग्रेज़ों को बहुत सहायता की। टेलीग्राफ द्वारा भेजी गई अग्रिम सूचनाओं ने अंग्रेज़ अधिकारियों को सचेत किया तथा गाड़ी द्वारा सैनिक एक स्थान से दूसरे स्थान पर जल्दी पहुंचे और क्रांतिकारियों से लोहा लिया।

क्रांति के परिणाम : 1857 का विद्रोह यद्यपि योग्य नेतृत्वकर्ता, संगठन एवं एक सुनिश्चित कार्यक्रम, सार्वभौमिकता आदि के अभाव के कारण पूर्ण सफल नहीं हो सका तथापि भारतीय स्वतलता आंदोलन को इसने एक नवीन दिशा प्रदान की। इसके फलस्वरूप कई सकारात्मक परिणाम सामने आए। इस क्रांति के परिणामस्वरूप, सबसे सशक्त सकारात्मक परिणाम यह आया कि ब्रिटिश संसद ने 'ईस्ट इंडिया कंपनी' का शासन भारत में समाप्त कर दिया तथा ब्रिटिश क्राउन (राजा) भारत का सम्राट माना गया, जिसकी घोषणा पहली नवंबर, 1858 को गवर्नर जनरल लार्ड कैनिंग ने की।

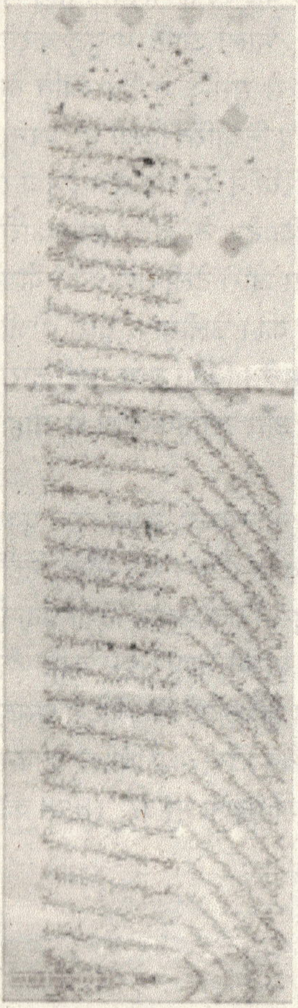

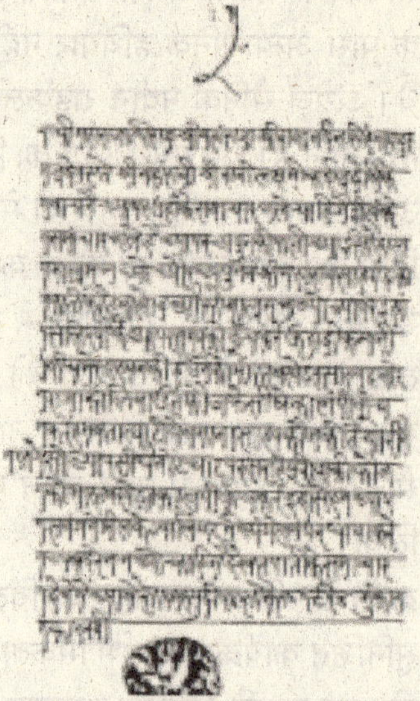

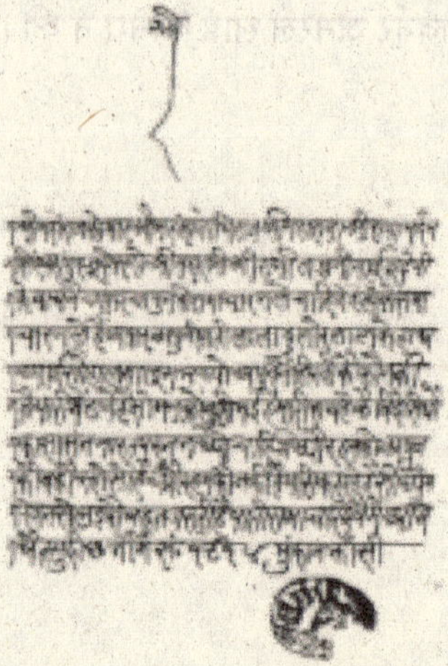

रानी झांसी द्वारा लिखे गए
तीन ऐतिहासिक पत्र

भाग - छह

1857 के कीर्ति स्तम्भ

“आजादी की जंग छिड़ गई, एक बार
बलिदान करता हुआ पिता,
सौंप जाता है परचम अपने पुत्र को
और युद्ध चलता रहता है।”

बहादुरशाह ज़फ़र

दिल्ली का अंतिम बादशाह अबू ज़फ़र, अकबर द्वितीय का पुत्र था। वह उस खानदान का आखिरी चिराग था, जिसकी नींव सन् 1526 में बाबर ने भारत में रखी थी। सन् 1857 में दिल्ली की राजगद्दी पर बैठने के बाद उसे 'अबू ज़फ़र मुहम्मद सराजुद्दीन गाजी' का खिताब मिला था। 'ज़फ़र' उपनाम उसके शायर होने के कारण था।

बहादुरशाह ज़फ़र का जन्म सन् 1775 में हुआ था। वह उर्दू, अरबी, फारसी व हिन्दी का विद्वान था। घुड़सवारी और निशानेबाजी में पारंगत था। वह सूफी दर्शन, फारसी और सुलेखन में भी दक्ष था।

उस युग के दो महान शायर इब्राहिम ज़ौक और असद उल्ला खां 'गालिब' शायरी में उनके गुरु थे। बहादुरशाह ज़फ़र ने अनेकों विवाह किए। जीनत महल उसकी सबसे प्रिय बेगम थी, जिससे उसने बुढ़ापे में विवाह किया था और जो बदकिस्मती के अंतिम दिनों में उसके साथ रही।

एक बादशाह के रूप में बहादुरशाह ज़फ़र हिन्दुस्तान के अंग्रेज़ों को कानूनन अपनी प्रजा समझते थे, क्योंकि सन् 1765 में उनके दादा शाह आलम ने बंगाल की जिस दीवानी पर हस्ताक्षर किए थे, उसकी शर्तों के तहत अंग्रेज़ों ने स्वामिभक्ति की शपथ ली थी। यह बात अलग थी कि ईस्ट इंडिया कंपनी और अंग्रेज़ सरकार उन्हें सिर्फ एक पेंशन भोगी और नाममात्र का बादशाह समझती थी, जो हर माह एक लाख रुपए की पेंशन का हकदार था और जिसके राज्य की सीमा लालकिले की चार दिवारी ही थी। सन् 1857 के विद्रोह के समय बहादुरशाह की आयु 82 वर्ष थी। 11 मई, 1857 को मेरठ से आए क्रांतिकारी सैनिक और अफसर लालकिले में घुस आए और उन्होंने बादशाह से सहायता और रहनुमाई की मांग की, न चाहते हुए भी बहादुरशाह को उनकी सहायता करनी पड़ी। यूं उसने क्रांतिकारियों को स्पष्ट

कर दिया था कि अंग्रेज़ों से लड़ाई करने के लिए उसके पास न तो साधन हैं, न खजाना और न ही रसद।

क्रांतिकारियों ने 11 मई को दिल्ली को अंग्रेज़ों के चंगुल से मुक्त करा लिया। परन्तु 20 सितंबर, 1857 अंग्रेज़ों का पुनः दिल्ली पर कब्जा हो गया।

21 सितंबर को जान बख्शी की शर्त पर बहादुरशाह ज़फ़र ने दिल्ली में हुमायूं के मकबरे पर अंग्रेजों के समक्ष समर्पण किया।

22 सितंबर को मेजर हडसन ने बहादुरशाह ज़फ़र के दो बेटों मिर्जा मगल और मिर्जा अखजर सल्तान तथा एक पोते मिर्जा अबबकर को भी हुमायूं के मकबरे से गिरफ्तार किया। उन्हें पालकी में दिल्ली गेट (वर्तमान मौलाना आजाद मैडिकल कॉलिज के सामने) लाकर हडसन ने गोली मार दी तथा बाद में उनका तलवार से सिर काट, चुल्लूभर कर उनका खून पीया।

बाद में शहजादों के सिर हडसन ने थाल में रेशमी कपड़े में ढककर बहादुरशाह ज़फ़र को पेश किए थे। बहादुरशाह ने अपने शहजादों के कटे सिर देखकर मुंह फेर लिया और कहा, "अलहम्दोलिल्लाह। तैमूर की औलाद ऐसी ही सुर्खरु होकर बाप के सामने आया करती थी।"

बहादुरशाह ज़फ़र बेगम जीनत महल और शहजादे जवाबख्त को बाद में, रंगून भेजकर कैद कर दिया गया।

कैदी की हालत में ही 7 नवंबर सन् 1862 को बहादुरशाह ज़फ़र की रंगून में मृत्यु हो गई।

"कितना है बदनसीब ज़फ़र दफ़न के लिए
दो गज ज़मीन भी न मिली कू-ए-यार में"

नाना साहब

1857 के क्रांति पुंजों में नाना साहब भी थे। नाना साहब जब तीन वर्ष के ही थे, तभी उनके माता-पिता पेशवा बाजीराव के दरबार में आ गए थे। नाना साहब के अनेक नाम थे, घोड़ी पंत, धुंडिराज, गोविंद, घोंघू पंत इत्यादि। पेशवा बाजीराव ने, 7 जून, 1827 को नाना साहब को अपना दत्तक पुत्र बना लिया। बाजीराव के बाद नाना साहब पेशवा बनेंगे, इसमें किसी को संदेह नहीं था। बचपन में नाना साहब के दो मित्र थे, एक थी मनु या छबीली (लक्ष्मीबाई) और दूसरा तात्या टोपे। नाना साहब अत्यंत धार्मिक प्रवृत्ति के थे। वे सिर मुंडाकर रखते थे। अस्त्र-शस्त्र, घोड़े, हाथी में उनकी अत्यंत रुचि थी। अंग्रेज़ अफ़सरों को वह प्रायः दावतें देते थे, यद्यपि उन्हें अंग्रेजी भाषा का पूर्ण ज्ञान नहीं था। नाना साहब विद्वान और कला प्रेमी थे। मराठी, उर्दू, हिन्दी और फारसी में प्रवीण थे।

28 जून, 1851 को पेशवा बाजीराव की मृत्यु हो गई। उस समय नाना साहब 27 वर्ष के थे। ईस्ट इंडिया कंपनी ने पेशवा बाजीराव की पेंशन नाना साहब के नाम में करने से यह कह इन्कार कर दिया कि वह उनेक उत्तराधिकारी नहीं हो सकते। नाना साहब को अनेक मुकदमों में भी फंसाया गया। नाना साहब अपना अधिकार लेने के लिए दृढ़ संकल्प थे। उन्होंने अपने अधिकार के लिए कंपनी (ईस्ट इंडिया कम्पनी) के डायरेक्टरों से काफी लिखा-पढ़ी की। जब लिखा-पढ़ी से कोई बात नहीं बनी तो अपनी पैरवी के लिए अपने मित्र अजीमुल्ला खां को इंग्लैंड भी भेजा, ताकि उनका पक्ष अंग्रेजी हुकूमत के सामने सही रूप में रखा जा सके। इंग्लैंड में भी कोई सुनवाई न होने पर अजीमुल्ला खां कानपुर लौट आए। अब वे नाना साहब के राजनीतिक सलाहकार बन गए। 10 मई, 1857 को मेरठ से क्रांति का बिगुल बजते ही नाना साहब भी खुलकर अंग्रेज़ों के विरोध में आ गए। 4 जून, 1857 को नाना साहब को क्रांतिकारियों ने अपना नेता घोषित किया। 30 जून को नाना साहब पेशवा की गद्दी पर बैठे। उन्होंने अपने बाल सखा

तात्यां टोपे को शासन भार सौंप दिया तथा भाई बाला साहब और अजीमुल्ला खां को कानपुर का कलेक्टर बनाया। जनरल हैवलाक ने 26 जुलाई, 1857 को कानपुर पर हमला बोल दिया। फतेहपुर के पास कर्नल नील की सेना ने नाना साहब की सेना को हरा दिया। नाना साहब फतेहपर (उन्नाव) चले गए। उधर तात्या टोपे ने 10 अगस्त को बिठूर पर आक्रमण करके हैवलाक को हराया और बिठूर पर कब्जा किया, लेकिन हैवलाक के जवाबी हमले में तात्यां हार गए। 19 फरवरी, 1858 को नाना साहब गंगा पार कर शिवराजपुर आए। अंग्रेज़ों ने नाना साहब पर एक लाख रुपए का इनाम घोषित कर दिया।

गंगा पार कर अवध में आने के बाद नाना साहब ने चप्पे-चप्पे पर क्रांति का बिगुल बजाया, रणनीति बनाई और अनेक लड़ाइयों में भाग लिया। जब अंग्रेज़ों ने दुबारा क्रांतिकारियों पर विजय प्राप्त करनी शुरू की तो नाना साहब अज्ञात दिशा में चले गए। उन्होंने अंग्रेज़ों को एक पत्र लिखा :

"मैं तुमसे लड़ता रहा हूं। जब तक जिंदा रहूंगा, लड़ता रहूंगा. ...मैं मरने के लिए तैयार हूं। एक दिन मुझे मौत आएगी, फिर मुझे डर किस बात का है?"

एक अन्य पत्र में नाना साहब ने अंग्रेज़ों को लिखा था :

"किसी दिन ज़िंदगी छोड़नी पड़ेगी, फिर मैं अपमानित होकर क्यों मरूं? तुम्हारे और मेरे बीच में लड़ाई रहेगी, जब तक मैं ज़िंदा हूं। चाहे मैं मारा जाऊं या मुझे जेल की सजा हो या फांसी, मैं जो कुछ भी करूंगा, केवल तलवार से करूंगा।"

नाना साहब ने अंतिम दिन नेपाल में काटे।

अजीमुल्ला खां

अजीमुल्ला खां का जन्म कानपुर के पटकापुर मोहल्ले में सन् 1820 में हुआ था। इनके पिता का नाम नजीबुल्ला खां तथा मां का नाम करीमन था। पिता नजीबुल्ला ख़ां राज-मिस्त्री का काम करते थे। उस समय कानपुर बस रहा था। अतः परिवार में भोजन की कोई तंगी नहीं थी, क्योंकि नई-नई इमारतें बन रही थीं और नजीबुल्ला खां को लगातार काम मिल रहा था।

परन्तु जब अजीमुल्ला 7 वर्ष का हुआ तो इसके पिता नजीबुल्ला खां का देहांत हो गया और 9वां वर्ष आते-आते इसकी मां करीमन का भी देहांत हो गया। मां और पिता अजीमुल्ला को अजीम कहकर संबोधित करते थे। अब अजीम निराश्रय हो गया। पति नजीबुल्ला की मृत्यु के बाद करीमन मौहल्ले के धनी परिवारों में छोटे-मोटे कार्य करके अपना और अजीम का पेट पाल रही थी। मां की मृत्यु के बाद अजीम अकेला रह गया। वह अनाथालय में रहने चला गया।

अजीम एक दिन पड़ोस में रह रहे मानिक चंद के घर गया। मानिक चंद शहर के मजिस्ट्रेट के दफ्तर में काम करते थे। अजीम ने मानिक चंद से कहा कि वह उसे जीवनयापन के लिए कोई नौकरी दिलवाए। उसी दिन शाम को मानिक चंद अजीम को एक अंग्रेज़ परिवार में ले गए। उस अंग्रेज़ का नाम था हिलर्सडेन। दूसरे दिन से अजीम, हिलर्सडेन के परिवार में काम करने लगा।

हिलर्सडेन एक सरल हृदय अंग्रेज़ थे। अजीम उनके यहां बावर्ची का काम करने लगा, क्योंकि उनका ब्राह्मण बावर्ची अपनी बेटी की शादी के लिए गांव चला गया था। बावर्ची के काम से जब भी अजीम को समय मिलता अजीम हिलर्सडेन के बच्चों के साथ बैठ जाता और उनसे पूछकर अंग्रेज़ी के अक्षर पहचानने की कोशिश करता। हिलर्सडेन के दो बच्चे थे, उन्हें पढ़ाने के लिए मारिस नामक अंग्रेज़ रोज शाम को आता था। अजीम मारिस को अंग्रेज़ी पढ़ाते हुए देखता रहता था। उसे भी अंग्रेज़ी के बहुत सारे अक्षर याद हो गए और वह

उन शब्दों को सही उच्चारित करना भी सीख गया। एक दिन हिलर्सडेन ने अजीम को एक अंग्रेज़ी का शब्द बोलते सुना, वह आश्चर्यचकित रह गया। उसने अजीम से पूछा तो अजीम ने घबराते हुए कहा कि उसे अंग्रेज़ी पढ़ना अच्छा लगता है। यह सुनकर हिलर्सडेन साहब बहुत प्रसन्न हुए। उन्हें यह इसलिए भी अच्छा लगा, क्योंकि एक हिन्दुस्तानी उनकी भाषा सीखना चाह रहा था।

दूसरे दिन ही हिलर्सडेन ने मारिस को आदेश दिया कि उनके बच्चों को पढ़ाने के बाद वह अजीम को भी अंग्रेज़ी और फ्रांसीसी भाषा पढ़ाया करे। उसी दिन से अजीम की सुचारू रूप से शिक्षा शुरू हो गई। हिलर्सडेन साहब सोच रहे थे कि अजीम अंग्रेज़ी पढ़कर स्वयं ईसाई बन जाएगा। हिलर्सडेन के बच्चे कानपर के 'फ्री स्कल' में पढ़ते थे। उस स्कल के प्रिंसिपल एक बार हिलर्सडेन के घर आए उन्होंने भी अजीम को अंग्रेज़ी बोलते हुए सुना। उन्होंने हिलर्सडेन से इसका जिक्र किया। हिलर्सडेन स्कूल की मैनेजिंग कमेटी में भी थे। उन्होंने प्रिंसिपल से अजीम को भी उसी स्कूल में दाखिला देने को कहा। हिलर्सडेन के घर बावर्ची का कार्य करते हुए अजीम स्कूल में भी दाखिल हो गए। अजीम की गिनती कुशाग्र छात्रों में होती थी। अजीम फ्रांसीसी और अंग्रेज़ी धाराप्रवाह में बोल और लिख सकता था। स्कूल की शिक्षा समाप्त हो गई तभी 'फ्री स्कूल' में एक अध्यापक की जगह खाली हुई। उस पद के लिए अजीम ने आवेदन किया। उसकी नियुक्ति हो गई। अब अजीम ने संस्कृत, हिन्दी और उर्दू, फारसी पढ़ने की ठानी। पटकापुर में ही इन भाषाओं के विद्वान मिल गए। एक थे मौलवी निसार अहमद और दूसरे थे, पंडित गजानंद मिश्र। अजीम, संस्कृत, हिन्दी, उर्दू और फारसी के भी जल्दी ही विद्वान हो गए। उनमें राष्ट्रप्रेम भी जाग्रत होने लगा। उनकी प्रसिद्धि दूर-दूर तक फैलने लगी। अजीमुल्ला खां की विद्वता, कुशलता और देशभक्ति की भावना की सूचना बिठूर में नाना साहब तक भी पहुंची। उन्होंने अजीमुल्ला खां से संबंध साधा और उन्हें अपने दरबार में सलाहकार मंत्री पद पर नियुक्ति का प्रस्ताव दिया। अजीमुल्ला खां ने अध्यापकी से त्यागपत्र दे दिया और नाना साहब की सेवा में आ गए। नाना साहब, उन दिनों ईस्ट इंडिया कंपनी से मिलने वाली आठ लाख रुपए वार्षिक पेंशन बंद हो जाने के कारण बहुत अधिक परेशान थे और अंग्रेजों के इस विश्वासघात के लिए क्या उपचार किया जाए यह नहीं सोच पा

रहे थे। अंततः उन्होंने सोचा कि अजीमुल्ला खां को इंग्लैंड भेजकर ईस्ट इंडिया कंपनी के डायरेक्टरों से अपनी पेंशन का दावा पेश करें, क्योंकि अजीमुल्ला खां अंग्रेज़ी में प्रवीण हैं। अजीमुल्ला खां इंग्लैंड गए, परन्तु वह पेंशन जारी कराने में असफल हुए, क्योंकि कंपनी बेईमानी करने पर दृढ़ थी। जिन दिनों अजीमुल्ला खां नाना साहब की पेंशन का दावा पेश करने के लिए लंदन में थे। उन्हीं दिनों दक्षिण भारत के सतारा के राजा की ओर से, राज्य का दावा पेश करने के लिए उनका एक दरबारी रंगोजी बापू भी लंदन में रह रहे थे। उनके राज्य का दावा भी ईस्ट इंडिया कंपनी ने खारिज कर दिया था।

इन दोनों ने लंदन में बैठकर भारत में सशस्त्र क्रांति की योजना बनाई, जिससे भारत को स्वंतत्रता प्राप्त हो सके। योजना बनाने बाद के रंगोजी लंदन से भारत रवाना हो गए। अजीमुल्ला खां ने भी लंदन में रुकना बेकार समझा। वह पेरिस की ओर चल पड़े। पेरिस से वे रूस पहुंचे, उसी समय इंग्लैंड व फ्रांस की सेनाएं रूस की सेना से हार गई। इससे अंग्रेज़ों की शक्ति का खोखलापन अजीमुल्ला खां की समझ में आ गया। अजीमुल्ला खां ने रूस के शासक से भेंट की और चलते समय रूस के जार (शासक) ने उन्हें पूरी तरह आश्वासन दिया कि वे जो भी तारीख अंग्रेजों के विरूद्ध युद्ध छेड़ने के लिए तय करेंगे। उनकी सहायता के लिए रूसी सेना सीमा पर पहुंच जाएगी। रूस की गतिविधियों को समझने के लिए अजीमुल्ला खां माल्टा से कुस्तुनतुनिया चले गए। वहां से तुर्की, मिस्र भी गए बाद में काबुल के रास्ते लाहौर आए। बिठूर में आकर अजीमुल्ला खां ने नाना साहब को वास्तविकता से अवगत कराया और क्रांति की योजना को सिरे चढ़ाने का प्रयास किया। क्रांति की योजना के सूत्रपात के लिए "लाल कमल और चपातियां" का विचार अजीमुल्ला खां की बुद्धि का ही कमाल था। "क्रांति के लिए अन्य राजाओं से बात करने और सहयोग मांगने के लिए, एक दिन तीर्थ यात्रा के बहाने नाना साहब और अजीमुल्ला खां, कुछ चुनिंदा सैनिकों और सेवकों ने साथ पूरे देश में निकल पड़े। सर्वप्रथम झांसी की रानी लक्ष्मीबाई से मिले, अवध के नवाब वाजिद अली शाह की बेगम हजरत महल से लखनऊ में मिले, मेरठ होते हुए वे दिल्ली पहुंचे जहां बहादुरशाह जफर से घंटों मन्त्रणा हुई। सबने 31 मई, 1857 का दिन क्रांति के लिए तय किया। पर देश का दुर्भाग्य देखिए कि 10 मई, 1857 को ही मेरठ के सैनिकों के सब्र का बांध टूट गया

और अंग्रेज़ी परस्त सेना और रजवाड़ों ने अजीमुल्ला खां के आज़ादी के सपने को चूर-चूर कर दिया।

उधर कानपुर में टीका सिंह, जो अंग्रेज़ सेना में सूबेदार था, उसके घर क्रांतिकारियों की बैठकें होती थीं, जिनमें नाना साहब के प्रतिनिधि के रूप में ज्वाला प्रसाद और मुहम्मद अली शामिल होते थे। अजीजन नामक नर्तकी ने अजीमुल्ला खां के निर्देश पर अंग्रेजों के कितने ही भेद प्राप्त कर, उन्हें बताए थे। इसके अतिरिक्त दलगर्जन सिंह और शम्मसुद्दीन जैसे देशभक्त भी अजीमुल्ला के संपर्क थे और इन्होंने कानपुर के युद्ध में सहयोग दिया था। 19 जून, 1857 को नाना का अधिकार कानपुर पर हो गया। 23 जून, 1857 को तो अंग्रेज़ों ने हार भी स्वीकार कर ली थी।

परन्तु बाद में इलाहाबाद से आई जनरल हेवलाक की सेना ने कानपुर पर दोबारा कब्जा कर लिया। एक के बाद एक युद्ध हारने के बाद नाना साहब को कानपुर छोड़ नेपाल की तराई की ओर जाना पड़ा। उनके साथ उनके दो साथी बाला साहब और अजीमुल्ला खां भी थे। जून 1859 में बाला साहब का तथा अक्तूबर, 1859 में अजीमुल्ला खां का देहांत नेपाल में हुआ। ऐसा कुछ इतिहासकारों का मत है।

मौलवी अहमदुल्लाह शाह

मौलवी अहमदुल्लाह शाह आरकोट (मद्रास) में चिन्यापत्तन के नवाब गुलाम हुसैन खान के बेटे थे। सोलह वर्ष की आयु तक आते-आते उन्होंने सुन्नी धर्म शास्त्र का पूरा अध्ययन कर लिया। तभी वह मद्रास से हैदराबाद आए। बाद में वह लंदन, मक्का, मदीना, ईरान और इराक गए। वह ग्वालियर के संत मेहराब शाह के शिष्य थे। सूफी धर्म ने उनके चरित्र पर अत्यंत प्रभाव डाला। उन्होंने 'जमायत उल-उलेमा' नामक संस्था बनाई। संयुक्त प्रांत (उत्तर प्रदेश) में आने के बाद उन्होंने ईसाइयों के विरुद्ध जिहाद की भावना को अमली जामा पहनाया। जिसकी वजह से उन्हें आगरा शहर छोड़ना पड़ा। वह सन् 1856 में लखनऊ आए, जहां उन्होंने जिहाद ईसाइयों के खिलाफ जारी रखी। तब तक अंग्रेज़ अवध को हड़प चुके थे। अतः अहमदुल्लाह शाह को लखनऊ भी छोड़ना पड़ा। फरवरी 1857 में वह फैजाबाद पहुंचे। वह मुख्य रूप से लोगों को उपदेश देने और मुख्य रूप से अंग्रेजों के विरुद्ध आग उगलने का कार्य करते रहे जो जनता का शोषण और दमन कर रहे थे। उन्होंने अपने ज्ञान, अपनी कलम और अपनी वक्तृता, सभी गुणों को देश की सेवा में लगा दिया।

फैजाबाद में हनुमान गढ़ी में उपद्रव होने के दौरान मरे मौलवी आमिर अली की मौत का बदला लेने के लिए मौलवी अहमदुल्लाह शाह ने लोगों को संगठित किया। इस कारण अंग्रेज़ों ने मौलवी अहमदुल्ला शाह को गिरफ्तार करके जेल में डाल दिया।

फैजाबाद में क्रांतिकारी विद्रोह होने पर, क्रांतिकारियों ने न सिर्फ अहमदुल्लाह शाह को जेल से छुड़ाया। बल्कि उन्हें 11 तोपों की सलामी भी दी। अब मौलवी साहब क्रांति के अगुवा बन गए। अहमदुल्लाह शाह मानते थे कि आलम बाग लखनऊ के अंग्रेज़ सिपाहियों को समाप्त करना ज़रूरी है। उन्होंने कई हमले किए परन्तु सफलता नहीं मिली। हर बार असफलता ही

मिली। अंग्रेज़ी कुमुक के दस्ते लखनऊ पहुंच रहे थे। कुछ दिन बाद लखनऊ पुनः अंग्रेज़ों के कब्जे में था।

मगर अवध में विद्रोह कम नहीं हुआ। 60-70 हज़ार क्रांतिकारी सिपाही लखनऊ से बच निकलकर विभिन्न हिस्सों में बंट गए। इन बंटी टुकड़ियों में एक थी बेगम हजरत महल की टुकड़ी और दूसरी मौलवी अहमदुल्लाह शाह की। लखनऊ के बाहर बिंठौली में एक तरफ बेगम की फौज थी, दूसरी तरफ बारी में मौलती अहमदुल्लाह शाह थे। मौलवी ने सर कोलिन को हराने की योजना बनाई, मगर घुड़सवारों की असावधानी से योजना सफल नहीं हो पाई। बेगम की सेना बिना लड़े ही भाग गई। अंग्रेज़ी फौज बरेली की तरफ बढ़ गई। तभी अहमदुल्लाह शाह ने शाहजहांपुर पर हमला बोल दिया। बीच में राजा मोहम्मदी और मियां साहब भी अपनी फौजें लिए उनके साथ आ मिले। अहमदुल्लाह शाहजहां पुर पहुंचे। अंग्रेज़ों की छोटी सी सेना पर गोलीबारी की, परन्तु अंग्रेज़ों की सेना को हटाने में सफल न हुए। गवर्नर जनरल ने मौलवी अहमदुल्लाह शाह को पकड़ने के लिए 50,000 रुपए के इनाम की घोषणा की।

30 जून, 1857 को चिनहट की लड़ाई में, जिसमें अंग्रेज़ बुरी तरह हारे थे, अहमदुल्लाह शाह ने महत्वपूर्ण भूमिका निभाई थी। 2 जुलाई को उन्होंने 300 क्रांतिकारियों के साथ बेलीगारद पर सामने से हमला किया। 14 नवंबर को उन्होंने लॉ-मार्टिनियर पर मोर्चा संभाला, 16 नवंबर को नवाब मुबारिजजुद्दौला के घर पर हमला किया। जून 1858 के आरंभ में मौलवी अहमदल्लाह शाह अवध रूहेलखंड की सीमा पर पोनाइन (पुवायां-शाहजहांपुर) के राजा से क्रांतिकारी को संगठित करने के लिए मिलना चाहते थे। पर वहां का राजा अंग्रेज़ों से मिला हुआ था, उसने अहमदुल्लाह शाह के लिए शहर का दरवाज़ा नहीं खोला। मौलवी ने बहुत समझाया पर राजा नहीं माना तो मौलवी अहमदुल्लाह शाह ने क्रांतिकारियों को दरवाजा तोड़ने का आदेश दिया। तभी राजा ने विश्वासघात किया, उसके सिपाहियों ने गोलियां दाग दी। मौलवी अहमदुल्लाह शाह ढेर हो गया। 15 जून 1858 में यह सूफी संत अल्लाह को प्यारा हो गया।

राजा ने मौलवी का सिर काट लिया। सिर को हाथ में ले, हाथी पर सवार होकर राजा शाहजहांपुर के मजिस्ट्रेट के पास गया। शहर की कोतवाली पर मौलवी अहमदुल्लाह का कटा हुआ सिर लटका दिया गया।

जनरल सर थामसन सीटन ने लिखा है : "मौलवी अहमदुल्लाह शाह अदम्य साहसी और कठोर दृढ़ संकल्प वाले व्यक्ति थे। वह विद्रोहियों में सर्वश्रेष्ठ थे। मेरे विचार से इसमें कोई संदेह नहीं कि यह व्यक्ति (अहमदुल्लाह शाह) ही पूरे षड्यंत्र (आज़ादी की लड़ाई) का दिमाग और हाथ था।"

रानी लक्ष्मीबाई

महारानी लक्ष्मीबाई का जन्म 19 नवंबर, 1835 को बनारस शहर में, सतारा के कराड़ ब्राह्मण मोरोपन्त ताम्बे के घर में हुआ। इसकी मां का नाम भागीरथी था। भागीरथी बाई ने ही बेटी का नाम मणि कर्णिका रखा था। कुछ समय बाद उसका नाम मणि कर्णिका से मनु और छबीली हो गया। अल्प आयु में ही माता की मृत्यु हो गई। जब मनु तीन वर्ष की ही थी। मोरोपन्त बनारस छोड़कर बिठूर आ गए। वहां ये लोग नाना साहब पेशवा के साथ रहने लगे। मनु ने नाना साहब के साथ सैनिक शिक्षा ग्रहण की। वहीं उन्हें तात्यां टोपे का साथ भी मिला।

सन् 1842 में मनु का विवाह झांसी के महाराजा गंगाधर राव साहब के साथ हुआ, पर लक्ष्मीबाई का यह दुर्भाग्य रहा कि वह पुत्रवती न हो सकी तथा सन् 1853 में उनके पति गंगाधर राव का देहांत भी हो गया। पति की मृत्यु के पश्चात् लक्ष्मीबाई ने राजगद्दी संभाल ली। अंग्रेज़ों ने उसके गोद लिए पुत्र, 'दामोदर राव', को झांसी का राजा मानने से इन्कार कर दिया। सन् 1854 में अंग्रेज़ों ने झांसी पर कब्जा कर लिया।

10 मई, सन् 1857 में जब क्रांति का सूत्रपात मेरठ में हुआ तो उसकी लहर दिल्ली से होते हुए झांसी भी पहुंची। 5 और 6 जून को झांसी के दोनों किलों पर भारतीय सिपाहियों ने अधिकार कर लिया। 72 अंग्रेज़ अफसर मारे गए। लक्ष्मीबाई का अंग्रेज़ों की हत्या में कोई हाथ नहीं था। इसीलिए सागर डिवीजन के कमिश्नर ने लक्ष्मीबाई को झांसी के राज्य संचालन का अधिकार दिया। परन्तु अन्य अंग्रेज़ अफसरों की राय थी कि अंग्रेज़ों की हत्या के लिए लक्ष्मीबाई ही ज़िम्मेदार है। ब्रिटिश सरकार ने आदेश दिया कि लक्ष्मीबाई के विरुद्ध सबूत इकट्ठे किए जाएं। लाचार होकर लक्ष्मीबाई को भी अंग्रेज़ी शासन के विरुद्ध तलवार उठानी पड़ी। सन् 1857 के अंत में अंग्रेजों ने मध्यभारत को पुनः जीतने की योजना बनाई। इस योजना के अनुसार, दो तरफ से झांसी पर

हमला करना था। एक बम्बई की ओर से और दूसरा मद्रास की ओर से। 22 मार्च 1858 को सर ह्यूरोज बम्बई की तरफ से झांसी आया। उसकी सेना ने किले पर सप्ताह भर गोलाबारी की। झांसी के किले की एक दीवार ढह गई।

ऐसी नाजुक स्थिति में तात्यां टोपे 22000 सिपाहियों के साथ लक्ष्मीबाई की सहायता के लिए आ पहुँचा। सर ह्यूरोज की हालत खराब हो गई। ह्यूरोज की आधी सेना तात्यां से लड़ने लगी। आधी सेना झांसी के किले को घेरे रही। तात्या टोपे हार गया। वह कालपी की तरफ भाग निकला। दो दिन पश्चात् लक्ष्मीबाई को भी झांसी छोड़नी पड़ी। वह भी कालपी पहुंची। तात्यां तथा लक्ष्मीबाई ने ह्यूरोज की सेना का मुकाबला कालपी में किया मगर वे असफल रहे। दोनों ग्वालियार के पास गोपालपुर आए। वहां तात्यां टोपे, राव नाना साहब और लक्ष्मीबाई ने ग्वालियर पर कब्जा करने की योजना बनाई।

ग्वालियर का राजा सिंधिया अंग्रेजों का साथी था। अंग्रेजों ने उसके साथ मिलकर तात्यां और लक्ष्मीबाई पर आक्रमण कर दिया। लक्ष्मीबाई ने पुरुषों के कपड़े पहनकर, घोड़े पर सवार होकर अपने दत्तक पुत्र को पीठ पर बांधकर अंग्रेज़ों से युद्ध किया और उसमें वीरांगना गति प्राप्त की। ब्रिटिश सेना के कमांडर सर यूरोज के शब्दों में "लक्ष्मीबाई विद्रोहियों की सर्वश्रेष्ठ और सबसे बहादुर सैनिक नेता थी।"

तात्या टोपे

तात्या टोपे का बचपन का नाम रामचंद्र था। वे महाराष्ट्र के निवासी थे। उनका जन्म सन 1814 में नासिक जिले के मेवाला ग्राम में हुआ था। उनके पिता का नाम पांडुरंग राव भट्ट तथा माता का नाम रुकमा बाई था। रामचंद्र पांडुरंग, नाना साहब के बचपन के मित्र थे। (कार्ल मार्क्स ने तात्यां को नाना साहब का चचेरा भाई बताया है)। पुणे नगर में रामचंद्र के पिता पांडुरंग जी, बाजीराव पेशवा जी के साथ पूजा पाठ किया करते थे। सन् 1818 में पांडुरंग, बाजीराव पेशवा के साथ बिठूर आ गए। बचपन में ही तात्यां ने नाना साहब व मनु (लक्ष्मीबाई) के साथ शस्त्र विद्या तथा घुड़सवारी सीख ली थी।

एक बार बाजीराव पेशवा ने बालक रामचंद्र को अपने हाथ से मूल्यवान रत्नों की एक अत्यंत सुंदर टोपी पहनाकर उन्हें सम्मानित किया। तभी से उनका नाम रामचंद्र से बदल कर तात्यां टोपे हो गया। सन् 1842 तक वे मन (लक्ष्मीबाई) के साथ बिठर में ही रहे। तात्यां टोपे मराठी, गुजराती, हिन्दी व उर्दू भाषा के प्रकांड विद्वान थे। जब अंग्रेज़ों और नाना साहब के मध्य युद्ध प्रारंभ हुआ तो उन्होंने नाना साहब के सेनापति के रूप में कार्य किया। तात्यां छापामार युद्ध के विशेषज्ञ थे। उनकी युद्ध की कार्य-कुशलता का लोहा अंग्रेजों ने भी स्वीकार किया है। कर्नल मालसन ने लिखा है : "भारत में संकट के उस क्षण में जितने भी सैनिक नेता हुए, उनमें तात्यां सर्वश्रेष्ठ थे।"

10 अगस्त, 1857 को तात्यां ने बिठूर पर हमला कर जनरल हैवलाक को हराया और बिठूर पर कब्जा किया। 26 अक्तूबर, 1857 को, कानपुर को अंग्रेज़ों से पुनः आज़ाद कराया। कानपुर, चरखारी, बिठूर और कालपी की विजय श्री भी नाना साहब को तात्यां टोपे के कारण मिली।

1 जून, सन् 1858 को तात्यां ने लक्ष्मीबाई और बांदा के नवाब के साथ ग्वालियर के महाराजा को पराजित किया, जो अंग्रेजों का शुभचिंतक था। 14 अगस्त को कोटरा के युद्ध में तात्यां टोपे को अंग्रेज़ों से पराजय झेलनी पड़ी। विपरीत हालतों में भी तात्यां ने साहस नहीं छोड़ा और अपनी सेना के साथ कई स्थानों पर अंग्रेज़ों की सेना से टक्कर लेते रहे। 7 अप्रैल, 1859 को सायं चार बजे उन्हें फांसी पर लटका दिया।

दिनांक 21.4.2007 को दिल्ली से प्रकाशित 'जागरण' अख़बार के अनुसार तात्यां के पोते श्री विनायक राव टोपे का कहना है कि जिस व्यक्ति को फांसी दी गई थी, वह नाना साहब का हमशक्ल नारायण राव भागवत था। उसने नाना साहब के जीवन को बचाने के लिए अपना बलिदान दिया। नाना साहब की स्वाभाविक मृत्यु सन् 1909 में मध्य प्रदेश के शिवपुरी शहर में 20 अप्रैल (हनुमान जयंती) को हुई थी।

तात्यां टोपे के बारे में कर्नल ह्यूरोज ने मेजन मीड को लिखा, "वह महान युद्ध नेता और क्रांतिकारी स्वभाव के थे, उनकी संगठन क्षमता प्रशंसनीय थी।"

पर्सीक्रास स्टेंडिंग ने उन्हें विश्व के प्रसिद्ध छापामार नेताओं में से एक कहा है।

बेगम हजरत महल

बेगम हजरत महल अवध के नवाब वाजिदअली शाह की अनेक बेगमों में से एक थी। उसने नवाब को अंग्रेजों द्वारा कलकत्ता में कैद किए जाने के बाद, अवध के मुक्ति संग्राम में अत्यंत योगदान किया। उसने अवध की जनता में अंग्रेज़ों के विरुद्ध उत्साह भरने का काम बड़ी हिम्मत से किया।

जो ताल्लुकदार, क्रांतिकारी आंदोलन में सम्मलित न होकर, अंग्रेज़ों की चाटुकारिता में लगे रहे उनके विरुद्ध बेगम का रुख बड़ा सख्त था। बेगम ने एक सनद द्वारा राजा मानसिंह की रियासत को छीन लिया, क्योंकि वह अंग्रेजों का चाटुकार था। बेगम के आदेश पर भारतीय क्रांतिकारी सैनिकों ने मानसिंह को उसके किले में घेर लिया और उसे माफ करने के लिए यह शर्त रखी कि वह तीन लाख रुपए बेगम को, चार महीने की तनख्वाह और 15 तो स्वतंत्रता सेनानियों को दे तथा खुद क्रांति लहर में शामिल हो।

लखनऊ पर अंग्रेज़ों का कब्जा हो जाने के बाद, बेगम हजरत महल बौड़ी (बहराइच) से अपना शासन चलाती रही। गोंडा और चर्दा के राजा, बेगम के विश्वस्त और सहायक लोगों में थे।

'द टाइम्स' के संवाददाता डब्ल्यू. एच. रसेल ने लिखा है कि **"बेगम में बड़ा पराक्रम और योग्यता दिखाई देती थी। वह अपने नवाब पति से बेहतर मर्द थी।"**

बेगम की बहादुरी और मजबूती की तारीफ करते हुए रसेल ने लिखा है :- **बेगम की बहादुरी में बड़ी योग्यता और तेजस्विता दिखाई देती है...बेगम ने हमारे विरुद्ध अखण्ड युद्ध की घोषणा की है। इन रानियों और बेगमों के शक्तिशाली चरित्र देखकर ऐसा लगता है जैसे इन्हें अपने रनिवासों और हरमों में जबर्दस्त मानसिक शक्ति प्राप्त होती थी और वे किसी भी स्थिति में उचित कदम उठाने में समर्थ थी।"**

क्रांति के समय बेगम हजरत महल ने अपनी जनता को पैगाम दिया, वह उसकी सुलझी सोच का नमूना है जिसमें उसने ज़मींदारों, तालुकदारों, नवाबों से कहा था कि वे जात-पात, वर्ग संप्रदाय की भावना से ऊपर उठकर क्रांति में सहयोग करें। तभी अंग्रेजों के खिलाफ मोर्चा लिया जा सकता है। बेगम हजरत महल ने औरतों की ताकत को भी पहचाना और उन्हें अपने संगठन से जोड़ा, जिसमें महल की नौकरानियां. बांदियां और उसकी सहेलियां भी थीं। उन्हें भी युद्ध का प्रशिक्षण दिया गया।

बेगम अत्यंत उदार भी थी। अपने सैनिकों की बहादुरी पर वह उनकी दिल खोलकर प्रशंसा करती थी और उन्हें पुरस्कार भी देती थी। जुलाई से सितम्बर तक वह अंग्रेज़ों से अत्यंत वीरता से लड़ी, लेकिन फिर हार निश्चित जान अंग्रेज़ों से बचने के लिए वह अपने सहयोगियों और हज़ारों सेनानियों के साथ नेपाल चली गई। बेगम ने नेपाल में अत्यंत ग़रीबी का निर्वासित जीवन बिताया, परन्तु उसने अंग्रेज़ों के समक्ष आत्मसमर्पण नहीं किया।

बाबू कुंवर सिंह और अमर सिंह

कुंवर सिंह का जन्म शाहाबाद (बिहार) में सन् 1782 में हुआ था। सन् 1857 की क्रांति के समय वह बिहार स्थित जगदीशपुर राज्य के राजा थे। वह छापामार युद्ध में प्रवीण थे। यही कारण है कि 75 वर्ष की आयु में भी उन्होंने बिहार से अवध और मध्य प्रदेश तक अंग्रेज़ों को हराया।

वह आरा, इलाहाबाद, रीवां और कालपी में भी अंग्रेज़ों से लड़े। सन् 1858 के शुरू में कुंवर सिंह अवध आए। उनके राज्य की जनता उन्हें आदर से बाबू कुंवर सिंह के नाम से संबोधित करती थी।

22 मार्च सन् 1858 को कुंवर सिंह ने आजमगढ़ में कर्नल मिलमैन की सेना को हराया और इस प्रकार आजमगढ़ के दुर्ग पर कुंवर सिंह का कब्जा था। अंग्रेजों की फौजों पर कुंवर सिंह का इतना भय था कि उस 75 वर्षीय बूढ़े राजा पर, अंग्रेजों ने 25 हजार रुपए का इनाम घोषित किया था।

17 अप्रैल, 1858 को कुंवर सिंह ने डगलस को हराया। डगलस को हराने के बाद जब वह गंगा पार कर जगदीशपुर लौट रहे थे, तभी अंग्रेज़ी सेना की गोली उनके दाहिने हाथ पर लगी। बहादुर शेर कुंवर सिंह ने तुरन्त बाएं हाथ से अपना दाहिना हाथ काटकर गंगा मैया को समर्पित कर दिया। कुंवर सिंह के इस वीरतापूर्ण कार्य को देख अंग्रेज़ी सेना चकित रह गई। 22 अप्रैल को बाबू कुंवर सिंह विजयी हुए, उन्होंने स्वयं अंग्रेज़ों का यूनियन जैक उतारा। हाथ का जख्म अभी भरा नहीं था।

26 अप्रैल, सन् 1858 को कुंवर सिंह का देहांत हो गया।

कर्नल होम्स ने कुंवर सिंह के बारे में लिखा है, **"वह बूढ़ा राजपूत अत्यंत सम्मान तथा वीरतापूर्वक अग्रेजों से लड़कर 26 अप्रैल, 1858 को काल-कवलित हुआ।"**

राजा कुंवर सिंह के दिवंगत हो जाने के बाद अंग्रेज़ों ने सोचा कि अब वे सरलता से जगदीशपुर पर अधिकार कर लेंगे। परन्तु कुंवर सिंह के छोटे भाई

राणा अमर सिंह ने कुंवर सिंह की परंपरा जारी रखने का संकल्प किया। अमर सिंह जगदीशपुर के राजा बन गए। 17 अक्तूबर, 1858 को अंग्रेज़ों की सेना ने जगदीशपुर को पुनः घेरा। इसकी जानकारी मिलते ही अंग्रेज़ी सेना के आक्रमण से पहले ही अमर सिंह ने अंग्रेज़ी सेना पर धावा बोला। आरा में घमासान युद्ध हुआ व अंग्रेज़ी सेना पराजित हो गई। 19 अक्तूबर, सन् 1858 को ब्रिगेडियर डगलस और जनरल लुर्गाडे की सेना ने क्रांतिकारियों को घेर लिया। अंग्रेज़ी सेना बहुत अधिक संख्या में थी। राणा अमर सिंह के साथ केवल चार सौ क्रांतिकारियों की सेना थी, क्रांतिकारियों ने युद्ध शुरू कर दिया, इनमें से तीन सौ तो बुरी तरह घायल होकर गिर पड़े, परन्तु शेष एक सौ क्रांतिकारियों ने इधर-उधर छिपे अंग्रेज़ों को मारना शुरू किया। युद्ध अत्यंत भयंकर था। बहुत अधिक संख्या में अंग्रेज सैनिक मारे गए परन्त क्रांतिकारियों में भी केवल तीन क्रांतिकारी जीवित बचे, जिनमें राणा अमर सिंह भी थे। यह तीनों शत्रु सेना पर भयंकर आघात करते हुए साफ निकल गए।

अमर सिंह हाथी पर बैठकर सुरक्षित स्थान पर जा रहे थे। अंग्रेज़ सैनिकों ने उन्हें पहचान लिया। चारों ओर से घेरकर उन्हें बन्दी बनाने की कोशिश की गई। अमर सिंह हाथी से कूद पड़े तथा सेना की भीड़ में से निकल भागे। अमर सिंह कहां चले गए, कहां ठहरे, इसका पता किसी को नहीं है। उनके जीवन का अंत कहां हुआ, कैसे हुआ और कब हुआ। यह सब अतीत के गर्भ में है।

"कितना है बदनसीब जफर दफ्न के लिए
दो गज जमीन भी न मिली कू-ए-यार में।"

भाग - सात

1857 की क्रांति से पैदा नज़्में

बहादुरशाह जफर की आखिरी नज्म

लगता नहीं है जी मेरा उजड़े दयार में
किसकी बनी है आलम ए नापाएदार में

कह दो इन हसरतों से कहीं और जा बसें
इतनी जगह कहां है दिले दागदार में

उमर-ए-दराज मांग के लाए थे चार दिन
दो आरजू में कट गए, दो इंतजार में

कितना है बदनसीब 'जफ़र' दफ्न के लिए
दो गज ज़मीन भी न मिली कू-ए-यार में

(सम्राट बहादुरशाह जफ़र' को अंग्रेजों ने गिरफ्तार कर रंगून भेज दिया था। वहीं उनकी 7 नवंबर, 1862 में 89 वर्ष की आयु में मृत्यु हुई और वहीं वे दफन हुए। शायर बादशाह की यह आखिरी नज्म है।)

नवाब वाजिदअली शाह की नज़्म* :

रुख्सते अहले वतन

शबे अंदोह[1] में रो-रो के बसर करते हैं
दिन को किस रंजो-तरदुद[2] में गुजर करते हैं
नाला-ओ-आह[3] ग़रज आठ पहर करते हैं
दरो-दीवार पे हसरत से नज़र करते हैं
रुख्सत अय अहले वतन! हम तो सफर करते हैं
दोस्तों शाद[4] रहो तुम को ख़ुदा को सौंपा
कैसर बाग़ जो है उसको सबा[5] को सौंपा
हमने अपने दिले-नाज़ुक को जफ़ा को सौंपा
दरो-दीवार पे हसरत से नज़र करते हैं
रुख्सत अय अहले वतन! हम तो सफर करते हैं।

शिकवा किससे करूं यां दोस्त ने मारा मुझको
जुज़ ख़ुदा के नहीं अब कोई सहारा मुझको
नज़र आता नहीं बिन जाए गुज़ारा मुझको
दरो दीवार पे हसरत से नज़र करते हैं
रुख्सत अय अहले वतन! हम तो सफर करते हैं।
गर्दिशे-चर्ख[6] ने यह बात भी सुनवाई है
अपने मालिक को, यह नौकर कहे सौदाई है
अब तो दरपेश[7] हमें वादिया पैमाई[8] है
दरो-दीवार पे हसरत से नज़र करते हैं
रुख्सत अय अहले वतन! हम तो सफ़र करते हैं।

किससे फरियाद करूं है यही रिक्कत[9] का मकाम

कैसा कैसा मिरा अस्बाब[10] हुआ है नीलाम
मेरे जाने से हर इक घर में पड़ा है कुहराम[11]
दरो-दीवार पे हसरत से नज़र करते हैं
रुख्सत अय अहले वतन! हम तो सफर करते हैं।

रंज जो है उसे अब अय दिले-पुरदर्द[12] उठा
ताज़ियाखानों तलक का मिरा अस्बाब लुटा
फ़स्ले-गर्मी में तास्सुफ़[13] मिला घर तक है छुटा
दरो-दीवार पे हसरत से नज़र करते हैं
रुख्सत अय अहले वतन! हम तो सफ़र करते हैं।
सारे अब शहर से होता है ये 'अख्तर' रुख्सत
आगे बस अब नहीं कहने की है मुझको फुर्सत
हो न बरबाद मिरे मुल्क की या रब खिल्क़त[14]
दरो-दीवार पे हसरत से नज़र करते हैं
रुख्सत अय अहले वतन! हम तो सफ़र करते हैं।

शब्दार्थ :

* यह नज्म नवाब वाजिदअली शाह ने लखनऊ छोड़ने पर कही थी

1. पीड़ा की रात
2. शोक और चिंता
3. आर्तनाद
4. खुश
5. हवा
6. आकाश की गर्दिश
7. सामने
8. जंगल में भटकने वाला
9. रुदन
10. सामान
11. कोलाहल
12. दर्द-भरा दिल
13. खेद
14. जनता

बेगम हजरत महल की नज़्म

साथ दुनिया ने दिया और न मुकद्दर ने दिया
रहने जंगल ने कब दिया जो शहर ने न दिया

एक तमन्ना थी कि आज़ाद वतन हो जाए
जिसने जीने न दिया चैन से मरने न दिया

ज़मीं की आग बुझाने ये घटा उमड़ी थी
हां, मगर उल्टी हवाओं ने ठहरने न दिया

बिखर चला वो काफ़िला मकामे बौड़ी से
चाल दुश्मन की कुछ ऐसी, कि उभरने न दिया

जुल्म की आंधियां बढ़ती रहीं लम्हा-लम्हा
फिर भी परचम को आसमां से उतरने न दिया

दागे-हिज्रा[1]

बस्कि फ़आले मायुरीद हैं[2] आज
हर सुलह-शोर[3] इंगलिस्तां का

घर से बाज़ार में निकलते हुए
जहरा[4] होता है आब[5] इंसां का

चौक जिसको कहें वह मक्तल[6] है
घर बना है नमूना ज़िंदां[7] का

शहरे-देहली है ज़र्रा ज़र्रः-ए-खाक
तिश्नः-ए-खू[8] है हर मुसल्मां का

कोई वां से न आ सके यां तक
आदमी वां न जा सके यां का

मैंने माना कि मिल गए फिर क्या
वही रोना तनो-दिलो-जां का

गाह जल कर दिया किए शिकवा
सोज़िशे-दाग़ हाए पिन्हां[9] का

गाह रोकर कहा किए बाहम[10]
माजरा दीदः हाए-गिरियां[11] का

इस तरह के विसाल[12] से ग़ालिब
क्या मिटे दिल से दाग़ हिज्रां[13] का

मिर्जा असदुल्ला खां 'ग़ालिब'

(सन् 1857 की क्रांति के समय की 'गालिब' की नज़्म)

शब्दार्थ :

1. विरह का दाग़
2. जो चाहे वह कर सकने वाला
3. सिपाही
4. पित्ताशय
5. पानी
6. वधस्थल
7. जेलखाना
8. खून का प्यासा
9. छुपे हुए दागों की जलन
10. परस्पर
11. आंसू भरी आंखों की कहानी
12. मिलन
13. विरह

बहादुरशाह ज़फ़र* की नज़्म

बयाने ग़म

गई यक ब यक जो हवा पलट नहीं दिल को मेरे करार है
करूं इस सितम का मैं क्या बयां, मिरा ग़म से सीना फ़िगार है

यह रियाया-ए-हिन्द तबाह हुई कहो क्या-क्या न इन पर जफ़ा हुई
जिसे देखा हाकिमे-वक्त ने, कहा यह भी काबिले-दार है

यह किसी ने जुल्म भी है सुना कि दी फांसी लोगों को बेगुनह
वले कल्मागोइयों की सिम्त से अभी उनके दिल में गुबार है

न था शहर देहली, यह था चमन, कहो किस तरह का था यां अमन
जो ख़िताब था वह मिटा दिया, फ़क़त अब तो उजड़ा दयार है

यही तंग हाल जो सबका है, यह करिश्मा कुदरते रब का है
जो बहार थी सो ख़िज़ां हुई, जो खिज़ां थी अब वह बहार है

शब्दार्थ :

* भारत के अंतिम मुगल सम्राट। 'ज़फ़र' उनका तखल्लुस (उपनाम) था।

1. विकृत
2. अधिकारी वर्ग
3. फांसी पर लटकाने के काबिल
4. कलमा पढ़ने वाला मुसलमान
5. मैल
6. चमत्कार

भाग - आठ

1857 के इतिहास की तारीखें

स्वतंत्रता संग्राम की ऐतिहासिक तिथियां

19 जुलाई, सन् 1824 : बिन्दा तिवारी नामक भारतीय सैनिक ने जो 47वीं बटालियन में था, ने अंग्रेज़ अफसरों के दुर्व्यवहार पर दो अंग्रेज़ अधिकारियों को परेड के समय बैरकपुर में शूट किया। कोर्ट मार्शल के दो दिन बाद फांसी हुई।

सन् 1845-1850 : सिखों ने अंग्रेज़ी सेना को चेलियावालन में हराया, तब लार्ड डलहौजी ने कहा था कि "यह लड़ाई हमारा सर्वनाश कर देगी।"

सन् 1846 में जनरल श्याम सिंह अटारी ने पंजाब, मुल्तान कश्मीर में सतलुज के किनारे अंग्रेज़ों को युद्ध में हरा दिया। अटारी महाराजा रणजीत सिंह के सेनापति थे।

(सन् 1857)

22 जनवरी, 1857 : कलकत्ता के निकट दमदम तोपखाने के एक मजदूर ने एक उच्चजाति के एक भारतीय सिपाही को बताया कि एनफील्ड कारतूसों में जान-बूझकर गाय और सुअर की चर्बी लगाई गई है।

29 मार्च : बैरकपुर में 34वीं बंगाल नेटिव इंफेन्ट्री के सिपाही मंगल पांडे का विद्रोह।

8 अप्रैल : मंगल पांडे को बैरकपुर में फांसी

24 अप्रैल : मेरठ में एक रेजिमेंट के 85 सिपाहियों, जिन्होंने अपवित्र कारतूसों को छूने से इनकार कर दिया था, के खिलाफ कोर्ट मार्शल और इसके तहत इन्हें 10 वर्ष की सजा मिली।

10 मई : मेरठ में तीन रेजीमेंटों का विद्रोह। कैदी सिपाहियों को छुड़ाने के बाद विद्रोहियों का दिल्ली कूच।

11 मई : क्रांतिकारी सिपाहियों ने दिल्ली पर कब्जा करके दिल्ली को अंग्रेज़ों से मुक्त कराया और बहादुरशाह ज़फ़र को हिन्दुस्तान का बादशाह घोषित किया।

12 मई : लारेंस का दरबार (लखनऊ)

13-31 मई : कई और शहरों व स्थानों में विद्रोह जैसे मुजफ्फरनगर, फिरोजपुर, अलीगढ़, नौशेरा, इटावा, मैनपुरी, रुड़की, एटा, नसीराबाद, मथुरा, लखनऊ,

बरेली और शाहजहांपुर।

1-5 जून : मुरादाबाद, बदायूं, आजमगढ़, सीतापुर, नीमच, बनारस, कानपुर और झांसी में क्रांति की ज्वाला भड़की।

6 जून : नाना साहब का कानपुर पर हमला।

7-8 जून : रानी लक्ष्मीबाई का अपने झांसी के किले पर कब्जा और सत्ता में वापसी। बादली सराय का युद्ध और अंग्रेजों का दिल्ली के रिज पर कब्जा।

9-13 जून : दरियाबाद, फतेहपुर, नवगोंग, ग्वालियर और फतेहगढ़ में विद्रोह।

26-27 जून : कानपुर पर नाना साहब की विजय।

1 जुलाई : हाथरस में विद्रोह, लखनऊ रेजीडेंसी पर क्रांतिकारियों का कब्जा।

7 जुलाई : नवाब वाजिदअली शाह के सुपुत्र बिरजीस कद्र की ताजपोशी। बेगम हजरत महल संरक्षक।

12 जुलाई : फतेहगढ़ में नाना साहब के सिपाहसलार ज्वाला प्रसाद और टिक्का सिंह के नेतृत्व में लड़ती फौजों की पराजय।

16 जुलाई : फतेहगढ़ में हार के पश्चात् नाना साहब की फौज पीछे हटी।

27 जुलाई : बिहार में महान क्रांतिकारी बाबू कुंवर सिंह का आरा शहर पर कब्जा।

3 अगस्त : अंग्रेज़ी फौज ने आरा शहर को अपने कब्जे में लिया।

13 अगस्त : बाबू कुंवर सिंह की जगदीशपुर में पराजय।

16 अगस्त : बिठूर में तात्यां टोपे हारे।

17 अगस्त : सर कॉलिन कैंपबेल अंग्रेज़ी फौज का मुख्य कमांडर नियुक्त।

14 सितंबर : अंग्रेज़ों ने दिल्ली में कश्मीरी गेट को जलाया।

19 सितंबर : अंग्रेज़ों ने दिल्ली के लाहौरी गेट पर कब्जा किया।

20 सितंबर : दिल्ली पर अंग्रेज़ों का पुनः कब्जा।

21 सितंबर : बहादुरशाह जफ़र का दिल्ली में हुमायूं के मकबरे पर, अंग्रेज़ों के समक्ष समर्पण।

22 सितंबर : बहादुरशाह के दो बेटों तथा एक पोते की मेजर हडसन द्वारा गिरफ्तारी और हत्या।

23 अक्तूबर : अंग्रेज़ फौजों का सिकंदर बाग से घुसकर लखनऊ पर फिर कब्जा।

26 अक्तूबर : पांडु तट पर तात्यां टोपे की हार।

27 अक्तूबर : तात्या टोपे ने अंग्रेज़ों को कानपुर से निकाला और शहर पर कब्जा किया।

16 नवंबर : सिकंदर बाग की लड़ाई।

6 दिसंबर : कानपुर शहर पर अंग्रेज़ों का पुनः कब्जा और पराजित तात्यां टोपे, लक्ष्मीबाई के साथ जा मिले।

9 दिसंबर : कालपी युद्ध और तात्यां टोपे की वापसी।

सन् 1858

5 मार्च : चार्डा में अंग्रेज़ों के कैम्प पर मेहंदी हसन और गोंडा के राजा का आक्रमण।

13 मार्च : नेपाली सेना अंग्रेज़ों की सहायता के लिए लखनऊ पहुंची।

17 मार्च : मौलवी अहमदुल्ला शाह का नेपाली सेना के अगले दस्ते पर छापामार हमला।

18 मार्च : बेगम हजरत महल खैराबाद पहुंची।

21 मार्च : मौलवी अहमदुल्लाह शाह ने सदाअत गंज में अंग्रेज़ों का मुकाबला किया। इसके बाद अंग्रेज़ों का लखनऊ पर पुनः कब्जा हो गया।

22 मार्च : कुंवर सिंह का आजमगढ़ पर कब्जा।

1 अप्रैल : तात्यां टोपे 22 हजार की फौज लेकर लक्ष्मीबाई की मदद को पहुंचे। बेतवा नदी के किनारे अंग्रेज़ों ने तात्यां टोपे को हराया।

3-5 अप्रैल : अंग्रेज़ी फौज का झांसी पर हमला। रानी लक्ष्मीबाई ने झांसी छोड़ी। कुंवरसिंह ने आजमगढ़ में अंग्रेज़ों को फिर हराया।

23 अप्रैल : जगदीशपुर में कुंवर सिंह ने अंग्रेज़ों को हराकर यूनियन जैक स्वयं उतारा और आज़ादी का झंडा फहराया।

25 अप्रैल : शाहजहांपुर पर अंग्रेज़ों का कब्जा।

26 अप्रैल : कुंवर सिंह की मृत्यु।

6 मई : अंग्रेज़ी सेना ने बरेली में बहादुर खां को हराकर उस पर कब्जा कर लिया।

11 मई : अंग्रेज़ों का शाहजहांपुर पर पुनः कब्जा। मौलवी अहमदुल्लाह शाह ने

अंग्रेज़ों को कड़ी टक्कर दी।

22 मई : कालपी का दूसरा युद्ध। लक्ष्मीबाई बांदा के नवाब और राव साहब जो नाना साहब के भतीजे थे, ने सामूहिक रूप से क्रांतिकारियों का नेतृत्व किया।

24 मई : कालपी पर अंग्रेज़ों का कब्जा।

1 जून : रानी लक्ष्मीबाई, रावसाहब और बांदा के नवाब ने अंग्रेज़ समर्थक सिंधिया को हराकर ग्वालियर पर कब्जा किया। नाना साहब को पेशवा घोषित किया।

5 जून : पुवायां के राजा जगन्नाथ सिंह द्वारा धोखे से मौलवी अहमदुल्लाह शाह की हत्या।

17 जून : अंग्रेज़ों ने ग्वालियर घेरा। झांसी की रानी युद्ध में शहीद । तात्यां टोपे का ग्वालियर से पलायन।

20 जून : अंग्रेज़ों का ग्वालियर पर पुनः कब्जा।

2 अगस्त : लार्ड स्टैनली का इंडिया बिल पास। ईस्ट इंडिया कंपनी का शासन समाप्त, ब्रिटिश साम्राज्य ने सत्ता अपने हाथ में ली।

14 अगस्त : कोटला के युद्ध में तात्यां टोपे की अंग्रेज़ों से हार।

17-19 अगस्त : अंग्रेज़ों ने जगदीशपुर को घेरा जो कुंवर सिंह के अधीन था। कुंवर सिंह के छोटे भाई अमर सिंह निनादी में हारे।

सन् 1859

21 जनवरी : सिखर का युद्ध और तात्यां टोपे की पराजय।

7 अप्रैल : राजा मानसिंह के विश्वासघात के कारण, तात्यां टोपे बन्दी।

18 अप्रैल : तात्यां टोपे को फांसी (इस पर इतिहासकारों में मतभेद है)

अक्तूबर से 4 दिसंबर तक : उत्तरी अवध और नेपाल में क्रांतिकारियों के खिलाफ अंतिम कार्यवाही और इसके तहत नाना साहब के 4 हजार सैनिकों की गिरफ्तारी। देश के अन्य भागों में स्वतंत्रता सेनानियों की हार के बावजूद अवध में मुक्ति युद्ध जारी रहा। बाद में बेगम हजरत महल अपने हज़ारों सेनानियों और सहयोगियों के साथ नेपाल चली गई।

●●●